땅콩 스님과 애벌레 선禪

보현 스님의
행복한 생활 선

땅콩 스님과 애벌레 선禪

글 보현 · 사진 강명주

민족사

차례

| 4장 |

하루 7분 수행으로 내 안의 다이아몬드 찾기 • 185

행복을 원하시나요? 성공하고 싶으신가요?

저도 출가하기 전에 행복하고 싶고 성공하고 싶어 안달을 한 적이 있습니다. 초등학교 4학년 때부터 마음속 깊이 간직한 스님이 되고 싶었던 꿈도 여전히 갖고 있었지만, 연예계에 데뷔한 이상 이왕이면 크게 성공하고 싶었습니다.

열심히 노래를 불렀고, 광고 촬영을 하는 등 밤낮으로 일했습니다. 방송계 관계자들과 선배 연예인들과 부지런히 교류도 나누었습니다. 그러나 현실적으로 여러 가지 장애에 부딪쳤습니다. 스트레스로 몸과 마음이 피폐해졌습니다. 늘 마음이 불안했고 행복하지 않았습니다. 그때는 다른 사람 탓, 세상 탓을 많이 했습니다.

하지만 출가하고 수행을 하면서 바깥 상황도 문제가 되지만, 가장 큰 장애는 자기에게서 나온다는 것을 알았습니다. 무엇보다 선 수행을 하면 마음이 안정되고 행복해진다는 것을 깨닫게 되었습니다.

자연스레 세상 사람들에게 생활 선을 알려줘야겠다는 서원을 세우게 되었고, 이 책을 집필하게 된 것도 내 서원의 편린입니다.

늘 행복한 사람들, 마음이 편안한 진정한 의미의 성공을 이룬 사람들은 깨어 있습니다. 깨어 있다는 말은 정신이 잠들어 있지 않다는 의미입니다. 선 수행은 깨어 있는 정신을 만들어 주는 데 큰 힘이 됩니다. 또한 행복과 성공의 두 마리 토끼를 잡은 사람들은 두뇌와 마음 정리가 잘 되어 있다는 공통점이 있습니다. 선 수행을 하면 내면의 힘이 증폭되므로 성취도가 높습니다. 이렇게 생활 속에서 수행을 하면 행복과 성공이라는 과실을 얻기 쉬워서 행복한 생활 선禪이라 이름 지었습니다.

생활 선은 정보를 습득하고, 창의력과 정신력을 공고히 하는 데도 큰 도움이 됩니다. 마음을 비우는 생활 선을 습관화시키면 그 효과가 무한대로 늘어납니다. 비워야 다시 채워지기 때문입니다.

하루에도 수십 수백 번씩 일어나는 고민은 놓아버리고, 집중력과 정신력, 창의력은 깊어지므로 무슨 일을 하더라도 행복과 성공의 열매를 딸 수 있습니다. 우리 안에 본래 간직한 무한한 에너지를 끌어내는 행복한 생활 선의 세계에 들어오신 것을 환영합니다.

보현 합장

80년대 최고의 스타 이경미,
생방송 도중 사라져 홀연히 출가!
힐링 멘토로 우리 곁에 돌아온 보현 스님.

마치 애벌레가 나비 되어 날아가듯…
대자유인으로 돌아온 보현 스님의 생각을 넘어선
깨달음의 언어들…

여러분이 살아 숨 쉬는 바로 지금,
자기 자신에게 긍정에너지를 불어넣으세요.

행과 불행은
다 내 안에 있는 것입니다.

무생화

작사 보현 · 작곡 송결

명사십리 해당화야 꽃 진다고 설워마라

명년삼월 봄이 오면 너는 다시 피련만

우리 인생 한번 가면 다시 오기 어려워라

빈손으로 나왔다가 빈손으로 가는 인생

어디에서 왔으며 어디로 가는가

한조각 뜬구름이 모였다 흩어지는 것

풀잎에 이슬이라 공수래공수거

물 위에 거품이라 일장춘몽 꿈이로다.

1장

땅콩 스님과
나의 출가

나의 인로왕보살 땅콩 스님

나는 아주 어릴 때부터 꿈속에서 스님을 만났습니다. 땅콩처럼 작은 스님이셨는데, 가사 장삼을 여법하게 입고 계신 땅콩 스님께서 늘 나를 바라보고 계셨습니다. 땅콩 스님은 나를 산사로 데려다 주시기도 했습니다. 마치 부모님의 다툼을 중재하기 위한 방법처럼 부모님이 다투시기만 하면 나는 쓰러졌습니다. 병원에서는 원인 규명을 못하겠다, 치료방법이 없다는데 절에만 가면 씻은 듯이 나았습니다. 편안했습니다. 꿈결인 듯 생시인 듯 분별하기 힘든 상황에서 땅콩 스님이 나를 보살펴 주시는 느낌만은 생생했습니다.

땅콩 스님은 아플 때뿐만 아니라 내 삶의 고비마다 나를 이끌어주고 지켜주셨습니다. 어린 나이에 데뷔하여 연예인으로 활동할 때 이 자리 저 자리 원치 않은 자리에 끌려 다닌 적도 있었습니다. 아니 VIP 모임에 초대를 받았다고 해야 더 옳은 표현이겠지요.

그때 수많은 유혹들로부터 나를 지켜주신 분도 땅콩 스님이셨습니다. 땅콩 스님이 곁에 있을 때는 말할 수 없이 편안하고 행복했습니다. 그래서 스님이 되어야겠다는 생각을 했는지도 모릅니다.

방송에도 출연하고 한창 잘 나가던 시절에도 승복 입기를 좋아하고 걸핏하면 절에 가는 나를 어머니는 마뜩치 않게 여겼습니다. 내가 아플 때마다 절에 가서 씻은 듯이 낫는 것을 고마워하면서도 "이 아이는 출가 인연이다"라는 스님들의 말씀은 무척이나 싫어했습니다. 하지만 나는 절이 좋았습니다. 절에 가면 마음이 편했습니다. 나는 이미 꿈속의 땅콩 스님을 부모님보다 더 의지하고 있었기 때문에 땅콩 스님처럼 자비로운 스님이 되고 싶었는지도 모릅니다.

어느 날, 어머니와 크게 다툰 적이 있습니다. 어머니와 다투고 정신적 충격으로 쓰러졌습니다. 나는 모든 것을 다 정리하고 출가하려는데, 어머니는 펄쩍펄쩍 뛰면서 필사적으로 반대했습니다. 집요하게 출가를 막는 어머니의 뜻을 자포자기처럼 따라야겠다는 생각이 들었습니다. 아니 사실은 내림굿을 받았지만 신을 받지 못한 어머니를 이기기 위해서는 더 큰 신을 받는 수밖에 없다는 생각도 들었습니다.

나는 땅콩 스님께 죄송했지만 잠시나마 신을 받아야겠다는 생각을 했던 것입니다. 큰무당으로 소문 난 분의 굿당을 찾아가 거액의 돈을 내밀었습니다. 목욕재계하고 내림굿을 하는데, 큰무당이 굿을 시작하고 얼마 지나지 않아 주저앉았습니다. "당신

한테 스님이 보인다. 스님이 보인다. 스님 때문에 안 된다. 스님 힘이 너무 세서 못하겠다"는 말만 되뇌었습니다.

그렇게 내림굿은 해프닝으로 끝났습니다. 그 후에도 나는 여전히 꿈속에서 땅콩 스님을 만났습니다. 땅콩 스님을 따라 절에도 가고 산에도 갔습니다. 제가 생방송을 하다가 갑자기 뛰어나간 일이 있습니다. 연예인으로서 절대 해서는 안 되는 일이었던 생방송 펑크를 내고 무작정 찾아간 곳이 절이었습니다. 그때 저를 인도해 주신 분도 땅콩 스님입니다. 땅콩 스님이 원하는 것, 내가 원하는 것은 세속을 떠나는 것이었습니다. 땅콩 스님은 나를 부처님 법으로 인도해 주신 나의 인로왕보살이셨습니다.

겉으로는 화려해 보이나 안으로는 썩어가는 삶에 만족할 수 없었습니다. 주변의 모진 인연들에 절망했습니다. 출가 전에는 고마운 인연, 행복한 인연보다는 실망스러운 인연이 더 많았습니다. 세상의 번뇌를 한꺼번에 맛보고 출세간의 길로 이끌기 위함이었는지, 왜 그리도 절망스러웠는지 모릅니다. 한때 인기 절정에 이른 적도 있었는데 스스로 목숨을 끊고 싶을 정도로 세상이 쓸쓸하게 아프게 다가왔습니다. 내 길이 아니라는 생각이 강했기 때문입니다. 공작의 날개 같은 화려한 옷이 내 옷이 아니었기 때문에 불편했을 것입니다.

출가하고 수행을 하면서 그 모든 번뇌 망상이 공부거리임을 알았습니다. 무겁게만 느껴졌던 삶의 짐이 오히려 나를 이끌어

주는 선지식임을 알았습니다. 장밋빛 삶 속에서도 허허로웠던 것은 잿빛 승복이 내게 맞는 옷이기 때문이었다는 것도 알았습니다. 승복이 무거워서, 승복 입기가 겁나서 출가를 망설인다는 이들이 있는데, 나는 승복도 편했고, 절집이 속가 집보다 훨씬 더 편했습니다. 삭발하는 날, 정말 환희심에 차서 날아갈 것처럼 홀가분했습니다. 춤이라도 덩실덩실 추고 싶었습니다.

출가 전에는 밤을 낮 삼아 일하고 새벽녘에 돌아와 오전 내내 잠을 잤는데, 절집에서는 180도 바뀌어 새벽에 일찍 일어나 활동하는데도 어렵지 않았습니다. 습관이 무섭다고 합니다. 그런데 금세 묵은 습관을 털고 승려 생활에 적응할 수 있었던 것을 보면, 아니 남들은 다 어렵게만 느껴진다는 수행자 모습이 더 편한 것을 보면 전생부터 수행자였고, 내생에도 수행자로 살고자 합니다. 마치 제자리를 찾은 것처럼 마음이 안정되었고 평화로웠고 법열이라고 할까, 늘 충만한 기쁨으로 얼굴이 활짝 피었습니다.

나를 괴롭히던 일들이 차츰차츰 사라져갔습니다. 신기한 것은 나를 출가로 이끈 땅콩 스님을 더 이상 꿈에서 뵐 수 없었습니다. 목적지에 데려다주고 떠나는 배처럼 땅콩 스님은 그날 이후로 생생한 기억으로만 남아 있습니다. 땅콩 스님은 더 이상 뵐 수 없었지만 내 공부거리가 되었습니다.

나를 출가의 길로 이끌어주신 뒤 사라진
나의 인로왕보살,
도대체 땅콩 스님은 누구인가?
나는 누구인가? 이 뭐꼬?

지나고 보면 그 모든 것이 공부에 도움을 주었습니다. 사람들은 복이 많고 편하고 안정된 삶을 원하지만 부처님께서는 역경계를 순경계보다 좋아하라고 했습니다. 역경이 많을수록 수행하기 좋은 환경이 조성되기 때문입니다. 나 역시 삶의 짐이 버거웠고, 선망의 눈길로 바라보는 팬들도 많았지만, 그런 나의 삶에 결코 만족할 수 없어 그만큼 더 괴로웠습니다. 아픈 만큼 성숙한다는 말도 하고, 번뇌가 크면 깨달음도 크다는 말도 하는데, 정말 그렇습니다. 나는 아픔과 번뇌 덕분에 더욱 용맹 정진할 수 있었습니다.

사실 땅콩 스님의 존재에 대해서는 정신세계에 대해 모르는 분들은 오해를 할 수도 있을 듯해서 그동안 입을 봉하고 있었습니다. 출가한 지 어언 사반세기가 지났고, 꿈속에서 땅콩 스님을 만난 것은 초등학교에 들어가기 전부터이니 그 두 배의 세월이 지났습니다. 오랜 세월 동안 꽁꽁 숨겨두었는데 이 책에서 처음 땅콩 스님에 대해 말씀드리게 되었습니다. 이 또한 시절 인연인 것 같습니다.

땅콩 스님 덕분에 출가하게 되었고, 게다가 수행에 힘이 생겼다고 해도 과언이 아닙니다. 지금은 그 누가 찾아와 땅콩 스님에 대해 그 무엇을 물어도 대답해 줄 자신이 있습니다.

땅콩 스님께서 내게 주신 여러 가지 은혜로운 일을 불교에서는 몽중가피라고 합니다. 나는 몽중가피 속에 살았던 것입니다. 나의 인로왕보살이신 땅콩 스님은 우주에 충만한 부처님의 화신이기도 하고, 내 안에 본래 깃들어 있는 참 나이기도 합니다.

의식의 세계에서는 이해할 수 없을 것입니다. 하지만 수행을 통해 무의식의 세계를 경험한다면 결코 신비하지도 않고 이상하지도 않은 그저 당연하고 자연스러운 것입니다. 간혹 예민한 사람의 눈에 보이기도 하고, 꿈에 보이기도 하고, 수행 중에 느낄 수도 있습니다.

제가 말씀드리는 땅콩 스님 이야기가 이상하십니까? 도대체 상상할 수 없는 이야기인가요? 여러분이 갖게 될 의심의 눈초리와 분분한 의견, 당치 않은 상상들을 이해합니다. 저도 처음에는 도대체 무슨 현상인지 몰랐기 때문입니다. 그런데 알면 보입니다. '참 나'를 보지 않았다면, 수행을 통해 경계를 체험하지 않았다면 옳다 그르다 시시비비 하지 말고 한번 수행에 입문해 보십시오.

염라대왕을 조종하는 법

사람은 누구나 죽음에 대한 두려움을 갖고 있습니다. 한편 애써 죽음을 외면하는 데 익숙해져 있기도 합니다. 지금 생각해 보면, 마치 모든 것이 출가수행자의 길로 이끄는 프로그램이 짜여 있는 것만 같습니다. 한 살 터울 동생 바람에 아기 때부터 엄마 젖도 제대로 못 얻어먹고 외할머니의 빈 젖을 먹으며 배고픔과 외로움을 뼈저리게 느꼈습니다. 어머니는 동생에게 빼앗기고 할머니 품에서 자랐는데, 일곱 살 어린 나이에 어머니보다 더 의지했던 외할머니가 돌아가셨으니….

내가 시들시들 아프기 시작한 것도 그때부터였다고 합니다. 전적으로 내 편을 들어주었던 외할머니가 안 계신다는 것만으로도 슬펐을 것입니다. 외할머니가 보고 싶어서 무덤을 파고 들어가려고까지 했습니다. 멍한 눈초리로 무덤을 파고 있는 나를 보고 동네 사람들은 가엾다고 혀를 끌끌 찼습니다. 부모님이 멀쩡하게 살아계셨어도 두 분은 나를 따뜻하게 보듬어 주지 못했기에 더더욱 쓸쓸했을 것입니다.

죽음이란 무엇인가?

사람은 어디서 왔다가 어디로 가는 것인가?

어린 나이부터 골똘히 내면으로 침잠해 들어가고, 가끔 경기를 일으키고 그때마다 꿈속에서 땅콩 스님을 만났습니다. 꿈속에서 스님을 만나면 무어라 표현할 수 없을 정도로 편안했습니다. 그래서 초등학교 4학년 때 이미 스님이 되는 꿈을 가슴에 품게 되었을 것입니다. 전생부터의 인연이 아니라면 설명하기 힘들 것 같습니다. 출가한 뒤에도 줄곧 인간의 근원적인 고통인 죽음에서 벗어나는 길을 추구했다 해도 과언이 아닙니다. 그리고 몇 십 년 선 수행을 해 보니 내일 죽어도 여한이 없습니다.

참선을 통해 마음의 눈을 뜬 사람은 죽을 준비가 되어 있습니다. 그의 영혼은 날마다 고요함과 함께 하루하루를 마치고 맞이하기 때문에 그 어떤 일도 모두 철저히 준비되어 있는 상태에서 맞이합니다. 따라서 염라대왕조차도 담대하게 맞이하는 근기가 됩니다. 아니 염라대왕에게 호령할 수 있을 정도로 당당합니다.

하지만 준비되지 않은 채 죽는다면, 즉 수행을 하지 않은 채 죽는다면 염라대왕에게 질질 끌려가는 신세가 됩니다. 자기가 지금 왜 이곳에 이러고 있는지 알 수 없습니다. 골든타임을 놓쳐버리면 염라대왕에게 당하는 것입니다. 죽음도 자기가 죽는 날에 닥쳐서 정신없이 맞이하게 되면 협상도 못하고 그냥 끌려가는 신세가 됩니다.

선 수행을 통해 자기가 자기를 정확히 볼 수 있으면 그 누구에게도 끌려 다니지 않을 수 있습니다. 염라대왕도 휘두르고 명령할 수 있는 것이 선 수행입니다.

선 수행을 하면 염라대왕에게 언제 와라, 날짜까지도 제안할 수 있는 능력이 나옵니다. 수행하지 않아 자기가 잘못 보는 허물들에게 끌려다니다가는 틀림없이 자기가 당하게 되어 있습니다. 생활 선을 통해 이 허물을 알아차리게 되면 허물은 어느새 참 마음속에서 한 마음이 됩니다.

그렇게 되면 몸은 하늘을 날듯 아주 가벼워지고 몸과 마음이 건강해지는 것을 알아차릴 수 있습니다. 이렇게 내 마음을 보게 되면 죽는 날조차도 미리 알 수 있기 때문에 염라대왕을 비서처럼 삼고, 영원한 자유를 찾아 떠날 수 있습니다. 마음을 바라보는 선 수행에 간절히 애써 보시기 바랍니다.

염라대왕을 비서처럼 삼고 영원한 자유인이 되는 길…

위대한 탄생은 어디에서 오는가?

선 수행을 하게 되면 스스로가 귀한 존재임을 알게 됩니다. 인간의 몸을 받은 것이 얼마나 위대한 탄생인지 알게 되는 것입니다. 그냥 단순히 생각해 봐도 알 수 있습니다. 이 지구촌만 해도 사람 외의 생명들이 얼마나 많은지…은하계까지 생각하면 더더욱 귀한 생명임을 알 수 있을 것입니다.

그런데 모르는 것은 손에 쥐어주어도 모른다더니, 인간이 소중한 존재라는 것을 아무리 간절하게 말을 해 줘도 모릅니다. 부처님과 똑같은 성품을 지녔다고 말을 해 줘도 스스로 볼품없는 중생이요, 전지전능한 신의 종이라 여깁니다.

자기가 부처임을 알기 위해서는 그 길을 열어주는 제대로 된 스승을 만나서 지도를 받고 선 수행을 통해 체득해야 합니다. 스스로 체험하고 느껴봐야 합니다.

잘못된 견해를 버리게 하고, 다생겁 동안 익혀온 내 인생의 껍질을 벗겨 확실한 가르침을 줄 수 있는 스승이래야 내가 내 인생의 주인공임을 알게 해 주고 생사의 두려움에서 확실히 벗어날 수 있게 됩니다. 삶의 모든 문제를 해결하고 고통에서 벗어날 수 있는 길을 열어 주기에 스승을 일러 도사導師라고도 합니다. 부처님은 삼계 대도사, 온 우주를 통틀어 가장 높은 스승입니다.

눈 밝은 제자가 훌륭한 스승을 알아보듯 좋은 스승 역시 눈 밝은 제자를 알아봅니다. 마치 축착합착이라는 말처럼 스승과 제자가 궁합이 척척 맞아 떨어져야 합니다.

예전부터 스승과 제자 사이에 오고가는 수행 일화는 멋진 예술작품보다 더 아름답습니다.

줄탁동시啐啄同時라는 말이 있습니다. 병아리가 안에서 쪼는 것을 '줄'이라 하고, 밖에서 어미닭이 그 소리를 듣고 밖에서 쪼는 것을 탁이라 하는데, 병아리와 어미닭이 동시에 딱 들어맞았을 때 새 생명이 탄생되는 것을 뜻하는 말입니다. 그렇듯 스승과 제자의 뜻이 하나가 되었을 때가 깨닫는 순간임을 줄탁동시로 비유하기도 합니다. 스승이 마치 밤 껍데기처럼 질긴 제자의 중생놀음의 껍질을 깨주는 데에 안성맞춤인 것이 바로 선 수행입니다.

참으로 날마다 즐거운 날이요, 새롭고 행복한 날입니다. 나는 나를 출가 수행자로 이끈 땅콩 스님께 늘 고마움의 인사를 올립니다. '땅콩 스님이 인로왕보살처럼 이끌어 주지 않으셨다면 이렇게 오늘의 내가 있었을까? 이렇게 홀가분하고 자유로운 삶의 주인공이 될 수 있었을까? 아, 정말 고맙습니다' 하면서 하루에도 수십 번 합장 경배합니다.

내가 옳다는 생각을 버려야 한다

출가하기 전, 아니 선 수행을 본격적으로 하기 전 나의 삶은 괴로움과 슬픔, 외로움, 분노로 얼룩진 것이었습니다. 부모님의 불화도 괴로웠고, 가난한 집 장녀로 태어나 가장 아닌 가장으로 살아야 했던 삶의 짐도 고달팠고, 어린 나이에 모델로 가수로 데뷔했을 때는 탐욕으로 바라보던 남자들의 눈길이 싫었습니다. 내가 원하는 삶이 아니었기 때문에 정말 괴로웠습니다.

하루 밤 사이에, 아니 단 몇 시간의 공연에 당시 내 또래는 상상할 수조차 없는 돈을 받기도 했고, 여자 모델들의 로망인 화장품 광고모델 등 여러 광고 모델을 통해 거액을 벌기도 했습니다. 그러나 나는 늘 겉으로는 웃었지만 속으로는 울었습니다. 내 본명을 벗어버리고 받은 예명으로 불리면서 인기스타의 반열에 오르기도 했지만, 그 또한 행복하지 않았습니다. 남들은 부러워할 수도 있었고, 팬레터도 수백 통 받았지만 그 또한 내게 큰 기쁨을 주지는 않았습니다.

나는 그냥 우리 가족을 먹여 살리기 위해 밤낮을 가리지 않고 뛰었던 것입니다.

참 나를 보기 위해서는 내가 옳다는 생각을 버려야 합니다. 내 안에 있는 정답을 빼면 비로소 참된 내 모습이 보입니다.

내 안의 정답이라는 것이 무엇이겠습니까?
과연 내 생각이 정답일까요?
그동안 켜켜이 쌓아놓은 선입견과 편견을 가지고
잘못 판단을 해놓고는 옳다고 우기는 것은 아닐까요?
자기 안의 정답을 빼십시오.
잘못 된 정답, 자기가 옳다고 집착할 때 옳다고 여기는 것만큼
정답이라고 확신하는 그 높이와 넓이만큼
괴로움도 커지고 '참 나'와는 팔만 사천 리나 멀어집니다.

선 수행을 하면 자기가 정답이라고 우기던 집착에서 벗어나 세상을 지혜롭게 살아갈 수 있는 답을 찾아낼 수 있습니다. 열린 마음으로 세상을 바라볼 수 있습니다. 참 나를 보고 세상의 이치를 알게 되면서 이 세상 모든 분들이 다 부처였다는 것을 알았습니다. 다 놓을 때 오히려 내가 원하는 모든 것들이 내 눈 앞에 나타납니다. 놓고 버린 만큼 더 채워지고 충만해 집니다.

중이 제 머리를 못 깎는다?

행자시절 스님들이 홀로 삭발하는 모습이 신기했습니다. 어느 날 스님께 궁금해서 여쭈었지요.

"스님, '중이 제 머리를 못 깎는다'는 말이 있는데, 스님들이 혼자서도 삭발을 잘하시는데 왜 그런 말이 나왔을까요?"

스님께서 엉뚱한 제 물음에 빙그레 웃으시며 말씀해 주셨습니다.

"행자님, 그 속담은 제 아무리 훌륭한 스님이라도 스승 없이는 공부할 수 없다는 말입니다."

그렇습니다. 본성을 확실히 본 스승에게 의지해야 제대로 된 마음공부가 비로소 시작됩니다. 또한 스승은 미리 그 제자를 잘 살펴서 성격과 근기를 조목조목 파악해야 합니다. 진정으로 마음공부를 할 사람인지 방패삼아 공부하려는 사람인지 잘 살펴서 이끌어 주어야 합니다. '중이 제 머리 깎을 수 없다'는 말은 스승이 제자에게 바른 법을 이어준 데서 나온 참으로 아름다운 말, 마음공부법입니다.

사람 꼴 잘 보는 것도 하심

마음공부를 하는 사람들 가운데 목에 힘을 주고 다니는 사람을 종종 봅니다. 마음공부의 진전이 약간 있는 사람들 중에 그런 분들이 많습니다. 위아래도 모르고 모든 행위가 건방지기 그지 없습니다. 짐짓 큰스님을 흉내 내기도 하고 선지식의 행위를 껍데기만 그대로 따라하는 사람도 있습니다. 이런 분들은 마음공부를 제대로 하지 않은 것입니다.

세간에 있든 출세간에 있든 마음공부를 하는 수행자들은 절대적으로 하심해야 합니다. 처음 출가했을 때 절에서 가장 많이 들었던 말 가운데 하나가 '하심하라'는 것이었습니다. '마음을 낮추라'니 어떻게 마음을 낮추라는 것인가? 어떻게 하심해야 할지 몰라 갈팡질팡했지요.

마음공부를 하면서 이 공부엔 하심이 최고라는 것을 알았습니다. 이 공부를 끝까지 마치려면 간·쓸개… 오장육부 다 쏙 빼내고 나라는 존재가 없다고 생각하면서 수행해야 한다는 것도 알았습니다. 부처님께서 인욕이 최고라고 하신 말씀, 잘 참아내는 것도 하심이요, 옛 큰스님들께서 그저 사람 꼴 잘 보는 것도 큰 공부요, 하심이라는 말씀의 진정한 뜻을 알았습니다.

마음공부를 하는 사람은 모든 고통과 아픔을 잘 참고 견디어 낼 줄 알아야 합니다. 이러한 인욕정진의 힘을 기르지 않으면 그 어떤 일도 성취할 수가 없습니다. 우선 견디는 연습을 해야 육도 여행을 제대로 하면서 마음공부를 할 수 있습니다.

'나를 알아 달라'는 상이 내 안에 머물러 집착하면 마음공부를 할 수 없습니다. 그래서 저는 그냥 무작정 마음을 낮추는 연습을 했습니다. 스타로 남에게 돋보였던 습성을 죽이는 것도 하심의 일환이었습니다. 나를 내세우지 말고 무조건 상대방의 말씀을 받아들이는 것도 마음을 온전히 낮추어야 할 수 있는 일이었습니다.

그렇게 마음을 낮추는 연습을 하다 보니 알게 모르게 알아차렸지요. 마음공부가 잘 될수록 몸도 마음도 더 낮아진다는 것, 자기를 내세우지 않으니 상대방을 더 높이게 된다는 것, 작은 잘못도 참회하게 되고, 더 겸허해지고…. 참 수행자의 바른 자세를 익히게 되는 것입니다.

이치를 알게 되면, 사람들의 본성이 부처님과 똑같다는 것을 알게 됩니다. 모든 것을, 사람뿐만 아니라 일체 만물을 부처님으로 바라보게 됩니다. 일체 만물을 부처님처럼 존경하면서 받들어 공경하게 됩니다. 먼지까지도 부처님처럼 받들어 섬길 줄 아는 사람, 살아 있는 모든 것을 연민의 마음으로 바라볼 수 있는 사람, 눈에 띄는 모든 것을 다 부처님으로 받들어 모시는 사람, 그 사람이야말로 마음공부가 정말 잘 된 사람입니다.

상대방을 높이고 자기를 철저히 낮추는 사람, 하심하여 사람 꼴 잘 보는 사람, 말로 표현할 수 없을 정도로 뼛속까지 겸허한 사람, 만족하고 흐뭇해하며 고마워하는 사람, 얼굴엔 늘 웃음꽃이 피고, 밝고 따뜻한 에너지가 흐르는 사람, 그런 사람이야말로 마음공부를 이룬 참 수행자, 깨달은 자입니다.

가족으로 인해 삶의 짐이 버거운 이들에게

부모 자식, 형제자매 사이처럼 지극한 인연도 없습니다. 그런데 가장 가깝기 때문에 서로 깊은 상처를 남기기 쉬운 관계이기도 합니다. 상처는 멀리 있는, 전혀 모르는 사람에게 받는 것이 아닙니다. 가깝기에 상처를 주기도 쉽고 받기도 쉬운 것입니다. 그래서 가까울수록 더욱 크게 사랑하고 마음가짐과 행실을 잘 관찰하면서 예의를 지켜야 하는 것입니다.

저도 저희 집안의 장녀인데 부모님과의 인연이 그다지 좋은 편이 아니었습니다. 부모님이 자주 다투셨고, 성격이 예민했던 저는 충격을 더 많이 받았고, 그로 인해 경기를 일으키는 등 병치레가 아주 잦았습니다. 부모님과 가족이 너무나도 무거운 짐처럼 느껴져 차마 해서는 안 되는 생각, '차라리 고아였으면 좋겠다'는 생각까지 한 적도 있었습니다.

그러나 지금 생각해 보면, 여러 자식 먹이고 입히기도 힘겨웠던 그 시절, 첫딸은 살림밑천이라는 장녀를 학교에 보내준 부모님의 감사함을 그때는 몰랐었습니다. 지금은 부모님의 심정을 다 이해하게 되었고, 부모님이 부처님과 다르지 않다는 것을 깨달았습니다.

자식이 자주 아프면 자기 자신을 살펴보라는 조언을 들려드리고 싶네요. 부모가 불화하면 자식이 그 불안한 에너지를 고스란히 받아서 아플 수도 있습니다. 또한 마음이 안정되지 않기 때문에 공부에 집중하기 힘들어 학업 성취도가 떨어집니다.

문제는 부모에게 있다는 말씀이 결코 헛말이 아닙니다. 물론 그러한 부모를 만난 것도 인연입니다. 다 자기가 짓고 자기가 받는 것이기 때문입니다. 인과법, 인연법을 알면 모든 이치가 구슬을 꿴 것처럼 꿰어져서 한눈에 들어옵니다. 세상에 억울할 일도 없고 늘 고마움의 연속일 뿐입니다.

부모 자식, 형제자매 사이가 좋아지기 위해서도 수행을 해야 합니다. 자기의 본마음을 보고 이치를 꿰면 모든 장애가 봄눈 녹듯이 풀어지기 때문입니다. 번뇌 망상의 장애에서 벗어나 오롯이 수행에 전념하기 위해서는 먼저 장애를 남김없이 녹여야 합니다. 장애를 녹이는 데 자신이 지난 동안 알게 모르게 지은 죄를 참회하는 것처럼 좋은 수행이 없습니다. 그중에서도 부모님의 은혜를 모르고 살아온 죄를 먼저 참회해야 합니다. 자식이 먼저 마음을 열고 참회하면 부모가 참회하는 것보다 훨씬 더 큰 작용을 합니다. 내리사랑이라는 말이 있듯이 부모는 비록 겉으로는 자식을 외면하는 듯해도 자식을 향한 마음이 그 누구보다 크기 때문입니다.

저도 수행하면서 부모님께 먼저 마음 깊이 참회하였습니다. 수행하면서 어릴 때 잠시라도 가졌던 부모님에게 향했던 원망심이 수행 중에 영상처럼 스쳐지나가 눈물을 흘리면서 참회하니 그 영상이 스러지고 밝고 환한 기운이 느껴졌습니다. '아! 바로 저분들이 청정법신 비로자나 부처님들이셨구나!' 하는 깨달음, 그 뒤로 수행에 더욱 힘이 붙고 성취가 빠른 가피를 입었습니다.

내 수행뿐만 아니라 부모님과 동생들의 삶도 편안하고 풍요로워졌습니다. 어머니는 내가 출가한 뒤 더욱 불심이 깊어지셨고, 기도 수행을 하시면서 하시는 일이 더욱 잘 되어 불사에도 크게 동참하셨습니다. 한때 어머니는 강남의 큰절인 봉은사 신도회장을 역임하셨고, 지금도 집안에서 독경 염불 소리가 끊이지 않을 정도로 열심히 수행 정진하면서 행복한 노후를 보내고 있습니다.

석가모니 부처님께서도 부모님의 은혜에 대해 매우 강조하셨습니다. 실제로 당신의 부친이신 정반왕과 양모이신 마하파사파티 부인을 깨달음으로 이끌어 주셨습니다. 부모은중경에는 부모님의 10가지 큰 은혜가 나옵니다.

10가지 큰 은혜 중에 구경연민은究竟憐憫恩, 끝까지 염려하고 사랑해 주신 은혜가 떠오릅니다. 부모는 앉으나 서나 그저 자식 걱정에 눈물이 마를 날이 없습니다. 백세가 된 부모님이 팔십 세된 자식을 걱정하십니다. 그래서 죽어서도 끊이지 않고 자식에게 베풀어주는 것이 어버이 마음입니다.

이러한 부모님의 큰 은혜를 생각하며 정진하면 성취가 빠릅니다. 특히 불교에서 최고의 효는 깨달음을 이루어 부모님을 좋은 곳으로 이끌어드리는 것입니다. 부모님이 나를 보호하고 키워주신 은혜를 부처님 공덕으로 회향하는 것이 가장 큰 효입니다. 우리 인간도 만물과 조금도 다르지 않습니다. 부모님들께서 연로하시면 노쇠해지고 수명이 다한 기계처럼 초라해지기 쉽습니다. 부모님이 살아생전 공경을 게을리 한다면 훗날 두고두고 가슴을 치며 후회할 것입니다.

또한 어릴 적에는 솔직히 동생들 돌보면서 힘도 들고 어깨가 무거웠습니다. 그런데 동생들이 성장해서 이제는 든든한 버팀 목이 되어 주고 있습니다. 예전에 낡은 폐교에서 어린 부처님들과 함께 살 때 경제적으로 많이 힘든 적이 있었지요. 그때마다 사업을 하는 동생이 찾아와 생색 한번 내지 않고 보시를 해 주어 힘든 고비를 잘 넘겼습니다. 요즘도 좋은 일을 많이 하는 동생을 보면서 '복을 많이 지으니 앞으로도 잘 지내겠구나' 하는 생각에 미소가 절로 지어집니다. 남을 보호하는 에너지를 갖게 되면 내가 보호받는다는 것이 자연의 이치입니다.

안티에이징의 비결

요즘도 20년 전의 나를 연상하는 사람이 많습니다.

"스님, 여전히 고우시네요. 어쩜 피부가 그렇게 좋으세요. 젊어 보이는 비결 좀 알려주세요"라고 호들갑을 떠는 이들이 많습니다. 특히 내 또래 여자들, 그 중에서도 절에 온 지 얼마 되지 않아 불교에 대해 전혀 모르는 여자들은 눈을 동그랗게 뜨고 호기심 어린 눈초리로 미모를 유지하는 비결을 꼭 알아야겠다는 의욕을 보이기까지 합니다.

스님에게 수행법과 부처님 말씀에 대해서 묻지 않고 젊어 보이는 비결을 알려 달라 하니 황당하기 짝이 없습니다. 한편으론 그 여인들과 겉모습을 중시하는 요즘 세태가 말할 수 없이 안타깝기도 합니다. 안티에이징. 얼짱·몸짱이라는 말이 유행처럼 번져가고 있습니다. 하루하루 세월이 흐르면 늙어가기 마련인데 왜 그리도 세월을 비껴가고 싶어 하는지 모릅니다. 외모지상주의와 그에 영합한 상업주의의 영향을 고스란히 받으면서 울고 웃는 사람들의 희로애락에 쓸쓸한 미소가 지어집니다.

정 원한다면 안티에이징의 비결을 말씀드려야겠습니다. 불교를 믿고, 불교의 가르침을 행하십시오. 불교는 체험의 종교입니다. 직접 체험함으로써 진정한 의미를 알게 되고, 삶의 환희와 경이를 느끼게 해 주는 종교입니다. 특히 욕심을 줄이고 자비행을 실천하고, 수행을 하시면 됩니다. 욕심을 줄이면 어린아이처럼 온 천지가 즐거움으로 가득하다는 것을 알게 됩니다.

수행을 하면 원초적 욕망과 본능에서 벗어나 태어나면서부터 갖추고 있는 빈 껍질과도 같은 육신을 초월할 수 있습니다. 늙음도 조금 천천히 늦출 수 있다는 말입니다. 그렇지만 결국은 늙고 병들어 죽는 게 우리네 인생입니다. 세상도 변하고 나도 변한다는 것을 알고 철저한 무상감에 젖었을 때 수행에 박차를 가하게 됩니다. 수행이야말로 삶과 죽음의 괴로움에서 벗어날 수 있는 길이기 때문입니다.

무상감을 느낄 정도가 되면 안티에이징에 대해서는 관심조차 없어집니다. 하지만 수행하면 할수록 세월을 비껴가는 것은 사실입니다. 물론 사람에 따라 조금 편차는 있지만 주위 비구니 님들을 보면 잘 아실 것입니다. 세상 사람들보다는 훨씬 더 젊어 보인다는 것을….

다이어트하고 싶다면 체중계 선禪을 하라

다이어트에 돌입한 분들을 위해 한 말씀 해드려야겠네요.

사실 다이어트 식단은 물론이고 운동법, 약물 처방, 한방요법, 프로그램 등 다이어트 관련 사업이 크게 성업 중입니다. 다이어트를 해서 건강이 좋아지면 다행이지만 부작용도 만만치 않은 것 같습니다.

그런데 사람들이 도외시하는 게 있습니다. 가장 중요한 마음의 법칙을 전혀 개의치 않는 것 같더군요. 이 세상 모든 일이 다 마음을 다스리는 데 따라 큰 변화를 가져오는데, 다이어트는 더더욱 그렇습니다. 걷잡을 수 없는 식탐도 마음에서 비롯되는 것이고, 혈액 순환이 안 되어 살이 부어 체중이 늘어나는 것도 마음과 연관되어 있습니다.

다이어트를 꼭 하고 싶다면 여러 가지 관련된 요법과 함께, 아니 그에 앞서 꼭 해야 할 게 있습니다. 체중계 선을 적극 권합니다.

체중계 선에 대해 설명해 드리겠습니다.

매일매일 살을 빼기 위해 체중계를 가져다 놓고 밥 먹기 전 체중 체크, 식후에 체크 등을 하는 것과 같이 마음 체크를 틈틈이 하는 것입니다.

다음과 같이 철저히 내 몸과 마음을 체크해 보십시오. 여러분이 원하는 육체의 살은 빠지고 사이즈도 줄고 대신 마음의 사이즈는 늘어나고, 마음의 살은 쪄서 훨씬 매력적인 삶이 될 것입니다.

체중계 선禪 프로그램을 활용해 보십시오.
지금 당장 체중계를 앞에 가져다 두고 수행해 보십시오.

1. 밥 먹기 전 1분 명상 수행
2. 아침에 일어나면 몸 사이즈를 재고 체중계에 올라간다.
3. 밥을 먹을 때에는 바른 자세로 우아하게 밥을 먹고,
   항상 자신의 몸과 마음을 관찰한다.

체중계 선은 자기 몸과 마음을 관찰하는 수행입니다. 즉 자기를 살펴나가는 수행입니다. 이렇게 날마다 자기 자신을 관찰하며 체크 수행에 힘쓰신다면 두 가지 소원이 반드시 이루어질 것입니다.

만족할 줄 모르면 행복지수가 낮아진다

오유지족吾唯知足, 나는 오직 만족함을 알고 살아갑니다.
이 말씀은 내가 지금 살아가는 데 있어 만족하고,
쓸데없는 욕심과 집착에서 벗어나라는 뜻입니다.
이와 같이 주어진 대로 욕심 내지 않고 집착하지 않고
분수껏 생활해야 만족하고 행복한 삶을 살아갈 수 있습니다.

가만히 지난 날을 돌이켜 보니,
어릴 적에 왜 그리도 불평불만이 많고 괴로웠는지 살펴보니
오유지족할 줄 몰라서였습니다.
게다가 잘난 체하는 마음도 컸습니다.
나는 예쁘고 잘났는데 부모님이 제대로 뒷받침해 주지 않아서
제대로 능력 발휘를 못한다는 생각에
늘 억울해 했던 것 같습니다.
만족할 줄 모르면 행복지수가 낮아집니다.
나는 가난한 집 맏딸인 것이 불만이었고,
여러 동생들을 뒤치다거리하는 것도 화가 났습니다.

오죽하면 고아였으면 좋겠다는 생각까지 했겠습니까?

아무리 부유해도 족한 줄 모르면 불행감에 휩싸입니다.
하지만 오유지족하면 지금의 자기 자신의 삶에 만족하고
행복하게 살아갈 수 있습니다.
오유지족을 가슴에 새기고 또 새기며 살아간다면
불만족스러운 삶에서 벗어날 수 있게 되는 것입니다.

오유지족은 행복도 불행도
모두 내가 요리할 수 있는 삶의 비결입니다.
행복도 내 노력에 달려 있고,
불행도 내 손에 달려 있습니다.
자기가 자기의 분수를 철저히 알고
자기의 그릇에 맞게 담아 쓸 때
어떤 헛된 집착도 하지 않고
경계가 있어도 끌려가지 않습니다.

지족의 수행을 통해서 마음공부가 더욱더 깊어지면
눈에 보이지 않는 천하를 얻을 수 있게 되고,
아무것도 원함 없이 수행을 한다면
바로 그 자리에서 부처를 볼 것입니다.

마음공부가 깊어지면
눈에 보이지 않는 천하를 얻을 수 있습니다.

내 마음과 남의 마음을 아는 공부

어릴 때 정말 이해할 수 없었습니다. 하루가 멀다 않고 다투는 부모님을 도저히 이해할 수 없었습니다. 불안과 두려움 속에 고통스러워하는 자식들을 전혀 아랑곳하지 않는 부모님이 원망스러웠습니다. 부모님의 다툼 외에도 이해할 수 없는 일은 한두 가지가 아니었습니다. 이해하지 못함은 은밀한 상처로 내면에 자리 잡아 마음의 병이 되고, 그로 인해 때론 몸까지 아프게 되니 엎친 데 덮친 격이 되는 것입니다.

누구나 마음공부를 해야 하는 이유가 여기에 있습니다. 마음공부를 하기 전에는 자기 마음도 모르고 남의 마음은 더더욱 모르기 때문에 원망하는 마음도 생기고 괴로움도 그만큼 커집니다. 그런데 마음공부를 하면 자기가 자기 마음을 이해하고 또 상대방의 마음도 잘 이해할 수 있기 때문에 갈등과 괴로움을 미연에 방지할 수 있습니다.

왜 마음공부를 하면 이해와 공감 능력이 높아질까요?

마음공부를 하면 먼저 마음이 안정되어 불안한 마음, 불편한 마음이 스러지기 때문입니다. 아무리 힘든 일이 닥쳐도 어렵게 느껴지지 않습니다. 근육질의 힘센 장정은 쌀 한 가마도 거뜬히 짊어지듯 마음공부로 마음을 단련하여 마음근육이 튼튼해진 사람들은 고통스러운 일도 의연하게 받아들이고, 당당하고 활기찬 삶을 살 수 있습니다.

또한 마음공부는 고통을 덜어내는 작업인 동시에 긍정적인 에너지를 채우는 작업입니다. 즐거움은 배가시키고 괴로움은 줄어들게 하니 아주 생산적인 인생을 살아갈 수 있지요.

문제를 잘 보면 답이 보인다고 하지요? 자기를 잘 들여다보면 자기 삶의 해답이 보입니다. 그 무엇보다 자기를 들여다보는 마음공부에 정성을 쏟아야 하는 까닭을 아시겠죠? 자기가 자기를 잘 보고 자기 자신을 이해할 수 있게 되면 다른 사람을 이해하고 공감하는 능력이 배가되어 관계가 좋아집니다.

그래서 마음공부가 중요한 것입니다. 행복하고 건강한 삶을 살아가기 위해서 꼭 필요한 것입니다.

마음공부를 어렵게 생각하지 마세요. 그저 생각을 내려놓는 연습, 노여움을 버리는 연습, 나쁜 습관을 버리고 좋은 습관을 길들이는 연습도 마음공부입니다. 내 안에 있는 나쁜 마음을 버리는 연습, 번뇌 망상으로 마음이 요란할 때 마음을 버리는 연습, 그 어떤 집착과 시련에도 흔들리지 않고 지배당하지 않는 연습, 그렇게 내 자신의 번뇌 망상으로부터 자유로워지는 연습이 마음공부입니다.

또한 마음공부를 하면 대단한 능력이 생깁니다. 헛된 괴로움과 참된 즐거움을 명확히 알아냅니다. 본심과 양심을 바로 볼 줄 압니다. 본심자리를 잘 살펴보는 것이 양심이요, 양심을 보는 것이 본질을 보는 것입니다.

그래서 옛 선지식들은 그 자리를 소소영령이라 표현했지요. 맑고 맑은 그 자리, 늘 밝게 비추고 있는 신령스러운 그 자리, 늘 깨어 있는 그 자리가 부처 자리입니다. 마음공부를 하면 바로 그 자리를 누구나 다 훤하게 비추고 있는 것을 볼 수 있습니다.

또한 마음공부는 늘 의식을 깨어 있게 합니다. '이것을 알아차리다'라는 의미의 '사띠'라고 하는데 마음 챙김이라고 표현하기도 합니다.

자, 깨어 있으니까 알게 되고
알아차리게 되니 깨어 있게 됩니다.
늘 알아차림을 마음에 두고 있다 보면
좋을 때나 화날 때나 욕심 부릴 때나
'내가 착각했구나'
'나의 편견이었구나'
알아차리는 것입니다.
이런 알아차림이 마음공부입니다.

이렇듯 마음공부는 알아차리면서 모든 버릇을 고치고 길들이는 작업입니다. 습관적으로 노여움과 화가 많은 사람은 '어? 내가 지금 성질 부렸구나' 하고 알아차리면, 성질을 부린 그 녀석을 알아차리고 바라보는 순간 화가 사라집니다.

마음에 눈이 달려 있고 생각에 눈이 달려 있습니다. 마음은 그 어떤 것에도 흔들리지 않는 바위 같습니다. 마음의 눈이 항상 떠 있기에 궁극을 보는 것, 끝을 알게 되는 것이 마음공부입니다. 마음의 종착역에 도착하면 바로 니르바나, 지극한 안락과 행복의 대열반의 길에 오르게 됩니다.

마음이 열려야 제대로 보인다

눈병이 난 적 있으신지요? 눈병 때문에 시야가 아른아른해서 보이지 않은 적 있으셨지요? 그런데 눈병이 다 나으면 아른아른하지 않고 아주 영롱하고 맑고 밝게 보입니다. 저는 오랫동안 장애아들과 함께 살았기에 장애에 따른 불편에 대해 잘 압니다. 손발은 물론이고 눈·귀·코·입 어느 것 하나라도 잘못 되면 아주 불편합니다.

그러나 육신의 장애보다 마음의 장애가 더 큰 병이라는 것을 장애아들을 돌보면서 깨달았습니다. 그 맑고 천진한 장애아들의 밝은 미소를 보면서 마음먹기에 따라 보통사람들보다 행복지수가 훨씬 더 높을 수 있다는 것을 알았습니다. 세상에는 육신은 멀쩡한데도 마음의 병으로 인해 불행감에 젖어서 사는 사람들이 아주 많습니다. 마음의 병을 먼저 치유해야 합니다.

마음이 열려야 세상을 보는 눈 또한 밝아지고 바르게 보이고 행복지수도 높아집니다. 외부세계에서 들어오는 것을 인지하는 시각·청각·후각·미각·촉각 이 다섯 가지 감각기관을 오감이라 하는데, 오감보다 더 중요한 것이 마음입니다.

똑같은 상황에서도, 다시 말해 오감으로 받아들이는 현상은 같아도 마음에 따라 다르게 보입니다. 지각知覺은 마음이 만든 알음알이로 보기 때문입니다. 알았다고 결정짓는 것은 모두 다 허상일 뿐입니다. 마음공부를 해서 마음이 열려야 오감도 열리고, 제대로 작동해서 바르게 봅니다. 마음이 열리면 알음알이의 허깨비들이 보는 순간 사라집니다.

나는 누구인가? 상대는 누구인가?
내가 살고 있는 이 사바세계는 무엇인가?

마음공부를 하면 이 모든 의문에서 벗어날 수 있습니다. 나를 보고 있는 나를 객관적으로 바라보는 작업이 곧 선 수행입니다. 자기를 객관적으로 바라볼 수 있을 때 집착과 그로 인한 번뇌 망상에서 벗어나고 온갖 편견과 선입견을 놓고 바르게 제대로 볼 수 있습니다. 마음이 열리면 제대로 볼 수 있고, 삶의 궁극적인 행복이 열립니다.

나를 객관적으로 바라보는 작업이
선수행입니다.

온 천지가 부처님입니다.
발 끝으로 부처님을 느껴보세요.

수미산

작사 보현 · 작곡 송결 · 편곡 황규동

바람 앞의 등불인가 흔들리는 인생아

백년천년 기약한들 너무나 허망하다

떨어지는 꽃잎은 수미산을 다 덮는데

내 슬픔 잊은 뒤에 내려서는 인생아

부질없는 인생일랑 맺고 지고 잊혀지고

다생의 겁 한올한올 눈물로 벗을 삼아

촛불 하나 길을 밝혀 사바세계 넘어가세.

2장

왜 애벌레
선^禪인가

첫사랑의 추억처럼 길을 떠나라

영원한 여행길입니다.
첫사랑의 추억들 갖고 계시죠?
사랑하는 님을 만나듯이
설레는 마음으로, 첫사랑의 열정으로
마음공부를 시작하시길 바랍니다.

"나란 누구인가? 어디서 왔으며 어디로 가는가?"

오직 첫사랑 간직하듯
내 생에 할 일은 오직 이것밖에 없다 생각하세요.
이것이 우리 내면에 깃든 부처의 씨앗을 싹틔우는 길이요,
온 우주의 이치, 바른 진리를 찾는 길입니다.

내 안의 다이아몬드를 찾아가는 길,
날마다 새로운 길, 우리들의 영원한 여행길
선이라고도 부르고 마음공부라고도 부르는 그 길道입니다.

내 안의 다이아몬드를 찾아가는 길,
날마다 새로운 길, 우리들의 영원한 여행길

애벌레 선

좌선坐禪,
선을 하려고 앉기만 하면
늘 마구니와 도반하게 됩니다.
이런저런 생각이 부글부글
물 끓듯이 끓어오릅니다.

그러나 그렇게 수없이 일어나고 있는
팔만 사천 가지의 온갖 마구니들도
한 생각 놓고 마음을 두지 않으면
거짓말처럼 순식간에 고요해집니다.

고요해지면 마음이 점점 맑아지고,
지극히 평온하고,
지극히 즐겁고,
지극히 행복한 상태가 됩니다.

그러다가 더욱 더 깊게 들어가면
삶과 죽음까지도 완전히 초탈하게 됩니다.
그것이 바로 애벌레 선禪입니다.

대大 해탈인, 대大 자유인이 되는 것입니다.
마치 애벌레가 나비 되어 날아가듯이….
지극히 홀가분해집니다.
이것이 바로 애벌레 선禪입니다.

일생의 발원을 세워 공부하라

바람난 처녀 총각의 마음을 아시나요?
그 가슴 뛰는 설렘과 열정을 아시나요?
보고 또 봐도 보고 싶고 가슴이 콩닥콩닥 뛰는 그 마음을….

　수행은 첫사랑 같은 설렘과 열정이 있어야 합니다. 처녀 총각이 뜨겁게 사랑하며 서로를 간절히 원하는 것처럼 늘 기다려지고 가슴 설레고 오로지 마음공부에만 사로잡혀야 합니다. 첫사랑과 마음공부가 다른 점이 있다면 딱 한 가지, 마음이 어디를 향하고 있는지가 다를 뿐입니다.

　마음을 자기 안의 참 나를 찾는 데, 시공을 초월한 우주의 비밀을 밝히는 데, 삶과 죽음의 이치를 깨달아 영원히 두려움에서 벗어나고 진정한 의미의 행복으로 향하여 그 원대한 꿈을 이루고자 한다면 마음공부를 시작한 높고 높은 최상의 발원이라 할 수 있습니다.
　발원은 내 인생의 새로운 출발점입니다. 허공을 힘차게 내딛는 날개입니다. 성공해서 부자가 되겠다고 발원하는 사람이 꿈을 이룰 확률이 높듯이 부처가 되겠다고 발원하고, 그 원대한 꿈을 품고 힘차게 정진하면 깨달을 수 있습니다.

꿈과 용기를 가지고 이 인생 공부를 발원하고 닦는 사람은 설령 질병이나 재앙을 만나도, 절망의 끝에서 고통스러워도 우주에 충만한 부처님의 에너지와 자기 안의 에너지가 이어져 플러스되기 때문에 결국은 이겨내고 절망이 명약으로, 고통이 더 큰 행복으로 변합니다. 희망의 끈을 놓치지 마시고 발원을 세워 공부하십시오.

지금도 좋고 나중도 좋고, 후회와 회한이 없는 공부, 마지막 단추를 멋지게 잘 채우는 공부, 삶의 짐, 업의 무게가 가벼워지는 수행의 필요성을 아는 그 순간 삶의 차원이 달라집니다. 홀가분한 자유자재한 삶이 열립니다.

참 나란 도대체 무엇인가?

요즘 얼짱 몸짱 열풍이 대단합니다. 겉모습에 치중하는 모습이 안타깝기도 하지만 안·이·비·설·신·의… 육근 가운데 처음이 눈 안眼, 보는 것이듯, 첫인상이 중요하듯 보이는 모습을 무시할 수는 없지요. 수행자의 경우는 더더욱 그렇습니다. 보통 사람도 40 이후의 얼굴은 본인이 책임져야 한다는데… 보여지는 모습만으로도 수행의 에너지가 밖으로 눌러 나와야 합니다.

그 누가 보더라도 '아! 참 거룩하신 분이구나' 하는 생각이 들도록 마음공부에 매진해야 합니다.

어떻게 하면 그리 될까요? 우선 자세부터 반듯하게 앉아 보세요. 그리고 부처님의 법을 배우세요. 부처님 말씀을 제대로 이해하는 것만으로도 감동하게 되고 여법해집니다. 부처님을 닮게 되고 여법한 법열의 기운이 드러나기 마련이지요.

화두 참구도 마찬가지입니다. 자세가 반듯할 때 마음공부가 더 잘 됩니다. 그래서 초심자에게는 먼저 잘 앉으라고, 자세부터 가르쳐 줍니다. 일상생활도 마찬가지입니다. 좋은 자세가 좋은 에너지를 불러옵니다. 자세만 바꾸어도 이미 절반의 성취는 이룬 것입니다.

참 나를 찾는 마음공부 어렵지 않지요?

부처님의 거룩하고 존경스러운 모습 닮기만 하면 됩니다. 이렇게 닮으려 애쓰면 닮아집니다. 그것 또한 선禪입니다. 세상 모든 것, 선 아닌 게 없습니다.

보너스로 얻은 삶

지금 세상 사람들을 보면 마치 서커스의 곡예사 같습니다.

아슬아슬하게 외줄타기를 하는 것 같은 삶 속에서

극도의 불안증을 가지고 살아가는 사람들이 많습니다.

불안한 삶 속에서

스스로 제어할 수 있는 능력도 없어 보입니다.

긴장증후군 속에서

스트레스 받으며 살아가고 있는 것이 현실입니다.

이런 요소를 미리 관찰하고

스트레스를 완화시켜 주는 것이 생활 선입니다.

젊은 사람들은 대부분 시험 긴장증후군을 앓고 있더군요.

공무원 · 회사원은 면접 긴장증후군,

운동선수는 시합 긴장증후군, 탤런트는 연기 긴장증후군,

가수는 공연 긴장증후군 등등.

긴장증후군은 다 불안함에서 생기는 것입니다.

그 일을 바로 꿰뚫고 알아차리면

긴장과 불안에서 벗어날 수 있습니다.

생활 선을 하면 이러한 불안을 줄이고 없앨 수 있습니다.

마음을 편안히 가지고

긴장이 풀려야 풀어나갈 수 있는 문제입니다.

긴장을 풀어주는 데 도움이 되는 약물이나 차 등이 있지만

일시적으로는 해결될지 모르나 다시 또 뭉쳐버립니다.

하지만 자기가 자기를 관찰하게 되면,

자기의 생각을 관찰하고 스스로 진단할 수 있는 능력이 되면

이러한 긴장증후군에게 휘둘림을 당하지 않습니다.

철저히 자기를 잘 관찰하고 본질을 찾는 공부를 해 나가면

보너스를 받았다는 고마운 느낌으로

세상살이를 할 수 있습니다.

마음공부를 어찌 해야 하는가

마음공부를 어찌 해야 하는가?
마음공부를 하고자 마음먹었으면
일단 자기 자신을 철저하게 돌아봐야 합니다.

사람마다 성격과 근기에 따라
여러 가지 수행법 가운데 선택해야 하는데
나는 화두선(간화선)이 가장 좋았습니다.

처음 마음공부를 시작하는 사람은
정말 막막할 겁니다.
가슴이 콱 막히고 답답하며
힘이 많이 들기 마련입니다.
누구나 다 겪는 자연스러운 일이니 지레 포기하지 마십시오.

어느 정도 애를 쓰면 쓴 만큼 마음근육이 발달되고,
자기 스스로 참으로 많이 변했다는 걸 느끼게 됩니다.

애쓰고 애쓰는 노력없이 어찌 이 공부를 마칠 수 있겠습니까?

노력이 화두요, 노력이 발심이요,

노력이 마음공부의 전부입니다.

애쓰고 애쓰다 보면 바로 집중이 되기 시작합니다.

'이 뭐꼬' 의심 덩어리가 한눈에 들어오기 시작합니다.

드디어 아주 고요해지고, 선정에 들어가게 됩니다.

부처님의 길로 들어서게 되는 겁니다.

돌이켜 비춰보다 返照

"마음을 비운다."

"마음을 챙긴다."

"마음을 본다."

"마음을 든다."

알쏭달쏭하지요?

마음을 어떻게 비우고 챙기고 보라는 말인가?

어렵게만 느껴지지요?

실로는 아주 쉬운 말입니다.

그냥 모든 생각을 내려놓는다,

모든 생각을 돌린다는 뜻으로 알면 됩니다.

옛 큰스님들이 한결같이 말씀하셨습니다.

"고요히 앉아서 마음을 쉬고 천만 번을 돌이켜 비춰보라 返照."

"푹 쉬고 또 쉬면서 마음의 불을 끄라."

"마음을 쉬는 것밖에 달리 할 일이 없다."

"마음을 쉬는 것을 떠나 '무엇을 구한다'
'얻는다' '이룬다'는 것은 모두 헛짓거리다."
"마음공부란 특별난 게 아니라
그냥 마음을 내려 놓는 것이다."

큰스님들의 말씀을 되새김질하는 것… 마음공부에 큰 도움이
됩니다. 깨달음의 체득에서 탄생시킨 영육의 언어, 큰스님들의
영롱한 문자사리를 통해 자신을 돌이켜 비춰본 그 자리가 영원
한 행복, 진정한 행복이 머무는 자리입니다.

마음 청소

주변을 청소하는 것처럼 마음을 닦고 맑히는 것이 스스로를 돌아보는 것입니다. 수행을 잘 하려면 먼저 주변을 잘 닦아야 합니다. 그래야 집중이 잘 됩니다. 주변 청소보다 더 중요한 것이 마음 청소입니다.

언제부터인지 모르겠지만, 내 가슴속에 용서가 안 된 사람이 자리 잡고 있으면 아무리 집중하려고 애써도 그 번뇌 망상이 올라오기 때문에 수행하기 힘듭니다. 원수 같은 사람 그 사람을 부처님으로, 선지식으로 섬길 때 번뇌 망상도, 그로 인한 고통도 사라집니다.

나를 괴롭힌 사람이 원수가 아니라 나를 공부시키는 선지식입니다. 그 사람을 선지식으로 보고 고마워해야 합니다. 도저히 용서할 수 없을 정도로 미워도 용서해야 합니다. 용서를 해야 마음에 평온이 찾아옵니다. 용서란 마음 청소 가운데 으뜸으로 내가 앉은 의자가 고장 났을 때 그 의자를 고쳐 앉는 것과 다르지 않습니다. 고장난 의자로 인해 불편하듯 용서하지 않으면 내가 불편한 것입니다.

마음의 용서를 하긴 하되, 잊지 못하겠다는 생각이 남아 있다면 용서를 제대로 한 것이 아닙니다. 마음의 찌꺼기가 남아 있으면 안 됩니다.

그냥 속 시원하게 마음의 청소를 깨끗이 하세요. 미운 사람, 보기 싫은 사람, 원수 같은 사람을 모두 싹 용서해 버리세요.

지금 당장은 못할 것 같아도 자꾸자꾸 내려놓으면 용서하게 됩니다. 가만히 생각해 보면, 상대방으로부터 어떠한 고통을 받는 것, 연속적인 분쟁이 있다면 사실 쌍방과실입니다. 손뼉도 맞닿아야 소리가 나듯이 일방적인 것은 없습니다. 원인을 규명하면서 억울하다고 발을 동동 구를지도 모릅니다. 하지만 지금 당장 눈에 보이는 것만 원인은 아닙니다.

'전생부터 맺은 원결이니 풀자, 이번 생에 못 풀면 또 원수로 만난다'고 생각하면서 푸십시오. 원수든 화든 어쨌든 풀어야 합니다. 그래야 편안히 수행할 수 있고, 잘 살 수 있습니다.

고장 난 의자를 고치지 않고 계속 불편하게 사시렵니까?

고쳐서 편안하게 사시렵니까?

마음의 CT 촬영

선禪은 본인의 양심을 통해 진심으로 들어가 본성을 보는 작업입니다. 본성을 보는 작업이라 하니 어려워하는 것 같아 비유로 든다면, 스스로 잘 깔아둔 프로그램을 마음의 CT로 촬영하여 그것을 하나하나 분석하는 것입니다. CT로 스캔을 해서 보는 것, 내가 나를 촬영하여 본다는 것입니다. 자기 영상을 자기가 정확하게 보는 작업이 선禪입니다.

참선이 현대인들에게는 꼭 필요한 공부라는 말에 별 감응이 오지 않는 분들도 있을 것입니다. 지금까지 참선을 하지 않았어도 잘 살고 있다고 생각하는 분들일수록 더더욱, 코웃음을 칠 수도 있습니다. 하지만 그분들도 참선이 절대적으로 필요한 순간이 옵니다. 도저히 풀리지 않을 때, 답답해서 점술가에게도 가고 종교인들에게 매달려 보기도 하고, 심지어 굿판을 벌여도 해결되지 않고, 건강조차 나빠져서 더 이상 떨어질 곳이 없을 때 죽고 싶을 정도가 되고, 다 쉬고 싶고 놓고 싶을 때 그제서야 수행에 관심을 갖는 이들이 태반입니다.

하기야 그때도 늦지는 않습니다. 이 공부는 삶의 새로운 출발점이자 인생의 총정리를 하는 결승점이기도 하기 때문입니다. 생활 선, 마음공부를 통해서 많은 것을 보게 되고 알 수 있게 됩니다. 내가 지금 하는 일이 잘 되고 있는지, 어디로 흘러가고 있는지, 제대로 가고 있는지, 선禪을 하면 이런 활동사진이 한꺼번에 다 찍힙니다.

큰일을 하는 사람일수록 선을 해야 합니다. 가정을 리드하는 가장일수록, 혹은 사회단체를 이끌고 나가는 분, 사업하는 분, 공부하는 분 등 무엇인가 반드시 이루어야 할 분들이 선을 하면 길이 열립니다. 지푸라기라도 잡는 심정으로 간절하게 입문할수록 그 성취가 빠릅니다. 빨리 효과를 누린다는 말씀입니다.

선을 통해 세상을 보는 작업을 해야 합니다. 세상을 제대로 보아야 가고자 하는 길이 정확히 보입니다. 참선을 하지 않는 사람과는 무턱대고 거래하지 말아야 한다면 참선을 하는 사람과는 인생에 정말 중요한 거래를 해도 좋습니다.

참선을 통해 마음을 제어한 사람들은 망하는 일이 없다는 뜻입니다.

선이 필요한 까닭을 아시겠지요?

답답한 마음을 끝까지 물고 놓치지 말라

누구나 행복과 건강을 원합니다. 건강은 행복의 필요충분조건이니 행복 욕구에 포함된다 할 수 있지요.

사람들은 행복하기 위해 재물을 쫓고 명예를 쫓습니다. 그 속에 행복이 있는 줄 알았겠지요. 저도 그랬습니다. 그렇게 배웠기 때문이지요. 세상의 흐름대로 살아가면서 명예도 얻어봤고 어린 나이에 돈도 실컷 벌어봤습니다. 물질이 명예가 행복을 준다고 믿었는데 그 속에 행복이 들어 있지 않았습니다.

돈과 명예는 수단이고 방편이지 진정한 목표가 아니라는 것을 알았습니다. 그런데 세상사람들은 수단과 방법을 가리지 않고 돈과 명예에 따라, 이익에 따라 움직이는 이 노릇을 어찌 해야 하나? 어디로 가야 하나?

이 허망함, 이 두려움을 이기고 진정한 행복을 찾을 수 있을까?

내 안에 이미 행복을 갖추고 있었습니다. 허망한 바깥세상을 향한 마음을 멈추고 내 안으로 마음을 향하니 행복해졌습니다. 눈만 뜨면 천마외도견에 휘둘렸는데 더 이상 끌려 다니지 않게

되었습니다. 참나에 눈을 뜨면 끌려 다니지 않고, 자기 마음대로 오롯이 살 수 있습니다

처음에는 욕심 부리지 말고 마음을 그냥 바라보세요. 고요한 마음으로 앉아서 바라보세요. 앉아 있는 것을 연습하고 자기 내면으로 향하는 것이 습관화되면 그냥 얻어집니다. 행복은….

사람들은 묻습니다.
"마음은 허공과 같은 것이라서 잡으려야 잡을 수도 없고 보려야 볼 수도 없는 것이 아닌가요?"라는 질문을 자주 받습니다.
그렇지요. 마음은 허공과 같은 것입니다. 허공불은 절대 끌 수 없듯이 마음의 불 또한 끌 수 없을 것 같지요?

절대 할 수 없는 것 같은 것을 성취시켜 주는 게 마음공부입니다. 내일의 기적은 오늘의 마음공부가 이루어주는 것입니다. 마음을 어떻게 쉬고 어떻게 놓느냐고 묻는 그 마음, 그 의심, 그 답답한 마음을 끝까지 묻고 놓치지 마세요.
물고 늘어지는 그것이 화두요, 허공 같은 마음을 잡을 수 있는 방법 그게 바로 선입니다.

마음공부도 복습과 연습이 필요하다

마음공부는 내 안에 숨어 있는 능력을 찾는 것입니다. 세간의 일도 최선을 다해야 성공하듯이 마음공부도 최선을 다해야 합니다.

밖으로 드러난 것도 찾기 힘든데 내 안에 있는 자성 찾기가 쉽겠습니까? 흔들림 없는 마음으로 성심성의껏 최선을 다하면 반드시 이룰 수 있는 것이 마음공부입니다.

마음공부도 철저한 복습과 연습이 필요합니다. 마음공부는 내 안에 있는 자성을 찾는 것이기 때문에 그 누구라도 반드시 해낼 수 있다는 것을 믿고 그저 온 정성을 다해 간절히 하면 되는 공부입니다. 그렇듯 정성을 다하면 깨달음을 이룬다는 것을 부처님과 옛 선사들이 증명해 주셨습니다.

마음공부는 어느 누구라도 할 수 있는 공부입니다. 나이가 많든 적든, 배운 사람이든 못 배운 사람이든, 가난하든 부자든, 지위가 낮든 높든 전혀 관계하지 않습니다. 오로지 정성을 다해 마음을 내고 열의를 보인다면 부처님과 인연 없는 사람도 깨우칠 수 있는 것이 마음공부입니다. 마음공부가 '잘 안 된다'고 '왜 이렇게 어려우냐'고 투정 부리지 마세요. 마음공부하는 방법을 모르고 애써보지 않았기 때문에 힘든 것입니다. 내 안에 있는 에너지를 온전히 쓰는 방법, 마음공부법을 알려드리겠습니다.

부처님 당시부터 했던 위빠사나는 지혜를 키워나가는 수행입니다. '있는 그대로 바라봄'으로써 분명하게 알게 되고 삶에 대한 지혜로운 통찰을 갖게 됨으로써 온갖 괴로움에서 벗어나도록 돕는 수행법입니다.

"그냥 바라만 보면 됩니까? 바라본다고 괴로움에서 벗어날 수 있을까요?"라는 질문을 많이 듣는데, 그냥 무작정 바라보는 것은 아닙니다.

그동안의 편견과 선입견을 내려놓고 온전히 바라보는 게 쉬운 일은 아닙니다. 그래서 마음공부도 배워야 하고 연습과 복습이 필요한 것입니다. 바라보되, 고정된 생각의 틀에서 벗어나 있는 그대로 바라보기, 바르게 바라보다 보면 알아차릴 수 있습니다. 자기 자신의 몸과 마음의 변화는 물론이고 자연의 변화, 세상의 이치에 대해….

사과를 씻어서 먹으라는 말만 해 줄 수 있을 뿐 사과의 맛을 설명해 주기 힘든 것처럼 마음공부는 실제로 해야 하는 겁니다. 마음공부를 하면 반드시 이룰 수 있다는 것은 자신있게 말씀드릴 수 있습니다. 비행기를 타면 구름층의 위로 올라갔을 때 반짝 하는 깨달음이 일지 않았습니까? 시커먼 구름 때문에 아무것도 보이지 않았었는데 구름층 위로 올라서면 환한 햇볕이 반깁니다. 마음도 이와 다르지 않습니다. 구름층과 같은 번뇌가 있을 뿐, 마음공부를 하면 구름층 위에서 햇볕을 만나듯 부처님의 대자비 광명을 체험할 수 있습니다.

"사느라 바쁘고 지치고 마음이 시끄러운데 무슨 공부가 되겠어요?"라고 하면서 '여유 있는 사람들이나 하는 것'으로 여기는 분들이 아주 많습니다. 하루 종일 뼈 빠지게 일하느라 고달픈 그분들의 말씀, 그 마음 이해하지만 전적으로 수긍할 수는 없습니다. 마음공부는 일이 고될수록, 마음이 시끄러울수록 더 열심히 해야 하기 때문입니다. 삶이 고달프고 힘겨운 분들에게 더 필요한 것이 마음공부입니다. 마음공부를 하면 고달픈 삶의 짐을 응원의 도구로 변화시킬 수 있습니다. 소란스럽고 시끄러운 삶의 현장을 더 좋은 공부처로 바꿀 수 있습니다.

바쁘고 힘들어서 삶이 괴로우십니까? 더욱더 잘 챙길 수 있는 환경이 조성되었음을 축하드립니다. 고요한 산사에서 가부좌 틀고 앉아 있는 수행자들보다 생활의 현장에서 힘겹게 살아가고 있는 분들이 더 잘할 수 있는 게 마음공부라는 것을 잊지 마십시오. 힘겨운 일이 일어날 때마다 바라보고 지켜보세요. 원인이 보이고 결과가 드러납니다.

편견과 선입견 없이 바르게 바라보는 것만 자꾸 연습해도 괴로움이 스러지고 언제 어느 때나 미소가 지어집니다. 위빠사나 수행이 답답하다는 분들에게는 화두 참선 수행을 권하고 싶습니다. 내 경험에 의하면, 열정적인 우리나라 사람들에겐 화두를 참구하는, 즉 화두에 집중해서 애쓰는 간화선이 더 적절한 듯합니다.

간화선은 '무無, 마삼근, 간시궐, 본래면목' 등 화두를 참구해서 자기의 본래 마음 자리를 보는 것입니다. 간화선 수행에는 반드시 올바른 스승에게 화두를 받아야 합니다. '행주좌와 어묵동정', 다니거나 멈추거나 앉거나 눕거나 말을 하거나 침묵하거나 움직이거나 고요하거나 깨어 있거나 잠을 자거나 끊임없이 계속 한결같이 화두를 챙겨야 합니다.

화가 날 때나 기쁠 때나 화두의 끈을 절대 놓아서는 안 됩니다. 화가 머리 꼭대기까지 치솟아도 '이것이 무엇인가?' 화두 참구가 저절로 되어야 합니다. '이 뭐꼬' 화두가 끊어지는 것을 생명줄이 끊어졌다고 생각할 정도로 간절하게 애를 쓰십시오. 그러면 본래 자기 안에 있는 불성을 보게 되고, 마침내 모든 번뇌에서 벗어나 완전한 행복의 경지에 들게 됩니다.

마음공부도 긍정에너지가 필요하다

마음공부가 잘 안 되는 사람들의 공통점이 있습니다.
'나는 해 봤자 공부가 안 돼.'
마음공부에 앞서 부정적 에너지를 암시하는 것입니다.
'나는 근기가 약해서 안 돼.
나 같은 사람은 마음공부를 해도 안 돼.'
이는 참 나를 꽉 막아 놓고 잘못된 고집을 부리는 것입니다.
마음공부가 안 되는 것이 아니라 실천해 보지도 않고
부정에너지에 끄달리기 때문에 안 되는 것입니다.
이럴수록 부정에너지를 긍정에너지로 돌려야 합니다.

마음공부도 긍정에너지를 보내면서 해야 합니다.
긍정에너지를 받으면 마음공부에 가속도가 붙기 때문입니다.
긍정에너지가 자기를 비추면 마음을 잘 다스리게 되고,
극락과 지옥이 내 안에 있는 것을 바로 알게 됩니다.

마음공부를 열심히 해도 노력한 만큼의 소득이 없는 이유는 마음속에서 확고한 생각이 자리잡고 있질 않기 때문입니다.

아무리 험난한 산도 처음에는 못 올라가지만

꼭 올라가겠다고 다짐만 하면 얼마든지 오를 수 있듯이

아무리 높아 보이고 어려운 공부라 해도

계속해서 애쓰다 보면 공부문에 들어오게 됩니다.

마음속에서 지레 겁을 먹고 공부를 포기하면 영원히 못합니다.

마음속에 자리 틀고 앉은 포기의 마구니에게

마음을 빼앗기지 마세요.

여러분이 살아 숨 쉬는 바로 지금,

자기 자신에게 긍정에너지를 불어넣으세요.

지금, 이 공부를 하면 마칠 수 있다는 자신감이

용솟음칠 겁니다.

행과 불행은 다 내 안에 있는 것입니다.

행복한 마음공부에 올인하시길, 성취하시길,

날마다 즐겁고 행복한 날이길 기원드립니다.

간절히 수행하면 게으름이 떠난다

마음공부는 틈새가 보여서는 안 됩니다.

작은 틈이라도 생겼다면

정성과 신심과 초발심으로 메워야 합니다.

마음공부는 몸과 마음에 절대 틈을 보이지 않고,

쉼 없이 노력해야 합니다.

게으름을 피워 정신상태가 흐리멍덩해서도 절대 안 됩니다.

물론 마음공부에 힘이 붙으면,

간절히 수행하면 게으름이 떠납니다.

게다가 그 동안 쉼없이 일어나고 사라졌던

번뇌 망상도 떠나게 됩니다.

미웠던 일, 좋았던 일, 기뻤던 일, 슬펐던 일…

이런 따위의 생각이 확 사라집니다.

오직 마음공부에만 뜻이 있을 뿐

그 어떤 대상도 눈에 들어오지 않습니다.

오로지 마음공부뿐….

다른 데엔 관심이 완전히 사라지니 마장도 들어오질 않습니다.

마음공부에 힘이 붙으면,

무기력증과 나태함으로 추락하지도 않습니다.

모든 방해꾼도 없어지고,

그동안 쉼없이 괴롭혔던 장애도 전혀 없습니다.

그래서 마음공부는 탄력을 받게 되고 더욱더 깊어지게 됩니다.

그리하여 지극히 고요하고 안락하고 평화롭고

행복한 경지에 이르게 됩니다.

　　백 년이 잠깐인데 어찌 배우지 않으며,

　　일생이 얼마나 된다고 닦지 않고 놀기만 하려나

　　이 마음속에 애욕이 없는 이를 사문이라 하고,

　　세상일을 그리워하지 않는 것을 출가라고 하네.

　원효 스님께서 『발심수행장』에서 말씀하신 내용을 곰곰이 음미해 보세요. 세상일을 그리워하지 않는 것을 출가라고 할진대, 모든 집착과 탐욕에서 벗어나고 게으름을 떨쳐내고 용맹한 마음공부로 세상에서 묻혀온 때를 씻어내 마침내 이생에 공부를 해 마치시길 빕니다.

인과를 믿으면 마음공부에 대한 의심이 스러진다

마음공부에 대해 의심하는 분들이 많습니다. 인과를 믿으면 마음공부에 대한 의심이 스러집니다. 억울한 일을 당했을 때 대부분의 사람들은 속상해 하고 원통해 합니다. 하지만 인과를 알면 내가 지어 내가 받는 것임을 알게 됩니다. 억울할 일도 없고 원통할 일도 없으니 마음이 편안해지기 마련입니다.

마음공부를 통해 억울한 씨앗, 불행한 씨앗을 심어놓았다는 것, 그것을 알게 되는 것만으로도 크나큰 소득입니다. 자기 자신이 알게 모르게 지은 것들을 참회하는 것 또한 수행 정진이요, 아주 소중한 마음공부입니다. 더 나아가 태어남과 죽음의 실상을 알아차리고, 가장 빨리 윤회의 굴레에서 벗어나는 길을 알아차리고 그 길로 용맹정진, 열심히 나아가는 것 또한 마음공부의 소득입니다.

그때그때 화가 났을 때, 고통으로 잠 못 이룰 때 왜 이렇게 화가 나고 고통스러울까 하는 것이 알아차림인데 이것을 바로 보는 것이 마음공부입니다.

이렇게 화가 날 때 화두를 들고 마음을 관하십시오. 다생겁으로 쌓인 업장이 녹아내릴 것입니다.

마음공부를 하는 사람은 조금이라도 하면 될까, 안 될까 하는 마음이 없어야 합니다. 만약 조금이라도 마음공부의 결과를 의심하고 부정한다면 마음공부의 골수인 의정이 사라집니다.

부처님과 역대 조사스님들의 가르침에 대한 확신을 갖고 마음공부를 하면 나도 부처님과 역대 조사스님들처럼 깨칠 수 있다는 신심과 그분들도 이루었는데 아직까지 못 이룬 데 대한 분한 마음, 대분심을 가지고 치열하게 참구해야 할 것입니다.

마음을 참 마음으로 조작하는 마음공부

우뇌형 좌뇌형에 대한 논란이 많습니다. 좌우뇌가 골고루 발달해야 하는데, 학교 교육은 주로 좌뇌형 위주로서 창의력을 중시하는 요즘은 우뇌에 대해 새롭게 주목하고 있지요. 좌뇌를 쉬게 하면 우뇌가 활발하게 반응한다고 합니다. 좌뇌를 쉬게 하는 가장 좋은 방법이 마음공부입니다. 좌뇌를 쉬고 우뇌를 발달시키는 데서 더 나아가 마음공부는 몸의 건강에도 아주 절실하다는 연구 결과가 나왔습니다.

마음공부를 하면 혈액 순환이 잘 되고 두뇌에 산소 공급이 활발해진다는 겁니다. 마음공부가 혈액의 길을 뚫어준다 하니 혈액순환에 장애를 일으키는 사람일수록 마음공부를 적극 권합니다.

혈액이 잘 통하지 않고 뭉치면 만병의 근원이 됩니다. 온갖 가지 병마가 몸에 쳐들어옵니다. 몸과 마음이 모두 굳어 있기 때문에 몸속에서 몸 밖으로 배출되지 못하는 것입니다.

병균이 혈액 속에 오래 머물러 있게 되면 마치 하수구가 막히면 썩어서 냄새가 나고 마침내 터지듯이 세포의 온갖 염증을 유발하게 되므로 8만 4천 가지의 병고가 찾아오는 것입니다. 마음자리에 따라 그동안 해 왔던 사나운 행위에 따라 순차적으로 병이 옵니다.

살다보면 보기 싫거나 듣기 싫거나 하기 싫은 일이 있습니다. 여기서 과하게 신경질적인 마음이 폭발할 때, 짜증이 심해져 마음 조절이 힘들 때 본인이 제일 약한 곳의 혈액이 뭉치고, 그것이 악성으로 될 때 암으로 발병하게 되는 것입니다.

병이라는 아이가 있는데 그 아이도 그 마음자리를 찾아가 자기가 주인공 노릇을 하려는 것입니다.

이런 8만 4천 가지 병의 늪에서 벗어나려면 이 마음을 조작하는 참마음을 잘 다스려야 합니다. 마음공부가 간절해지면 일체 8만 4천 병마가 오질 않습니다. 마음공부에 힘쓰면 건강한 삶을 유지할 수 있다는 것, 마음공부가 건강의 최고 비결이라는 것을 명심하십시오.

부평초 마음

마음공부하는 사람은 자신과 약속을 먼저 해야 합니다.
앞으로 마음공부를 하겠다는 약속을 한 다음에는
'나는 성취할 수 있다'는 확고한 믿음을 가져야 합니다.
믿음 없는 마음공부는 물 위에 떠 있는 부평초와 같습니다.

마음공부를 하면서도 '제대로 해낼 수 있을까',
'성취할 수 있을까' 하는 의구심이
늘 떠나질 않기 때문에
마음속에 뿌리 내리기가 쉽지 않습니다.
늘 물 위에 떠다니는 부평초처럼 정처 없이 떠도는 것입니다.

부평초처럼 마음이 안정되지 않는 사람은
공부에 힘이 생기지 않고 자꾸 헤맵니다.
그렇기 때문에 마음공부하는 사람은
조금도 의심하지 않고, 확신을 가져야 합니다.

마음공부는 마음자리에 뿌리를 내리는 작업입니다.

고통 없이 피고 지는 꽃이 없듯 뿌리를 내리기 위해서는

어떠한 고통도 참고 견디어 내는 힘을 길러야 됩니다.

자기 안에 본래 깃든 본바탕,

본성을 보는 작업이 마음공부입니다.

이 세상에 본래 부처 아닌 사람은 하나도 없습니다.

이런 확실한 마음을 갖고 마음공부를 하시길 기원드립니다.

분주하고 조급하면 이 공부는 못한다

　분주한 마음을 고요히 가라앉히는 것이 마음공부의 첫 걸음입니다. 아주 특별한 경우를 제외하고는 고요한 데서부터 출발하는 것이 좋습니다. 마음공부를 하지 않으면 정신의 허기가 떠날 줄 모릅니다. 정신의 허기를 채우기 위해서는 번뇌 망상으로 들끓고 있는 이 생각 저 생각부터 놓아야 합니다. 그렇게 해야만 생각이 편해져서 마음공부를 시작하게 됩니다.

　또한 분주하고 들뜬 마음을 고요히 가라앉히는 것은 내가 내 마음으로 괴로움을 달래는 것입니다. 마음이 편견에 사로잡히지 않고 올바르게 보고 고요해진다면 제대로 된 마음공부에 들어간 것이라고 할 수 있습니다.

　마음공부가 익기 전에는 가능한 한 외부 움직임을 절제해야 합니다. 고요히 앉아서 좌복에 마음을 두고 푹 쉬는 것을 연습해야 합니다. 좌복에 마음을 두고 한 순간, 한 순간을 알아차려야 합니다. 이 좌복 자리가 곧 부처 자리인 것입니다. 한 번 두 번 좌복에 앉을 때마다 양파 껍질이 벗겨지듯 업장이 벗겨집니다.

마음공부가 어렵고 힘들어도 절대 괴로워할 것도 조급해할 것도 없습니다. 마음이 조급해지면 공부하기가 더 힘듭니다.

'나는 안 돼, 못하겠어'라는 생각을 놓으세요. 공부가 잘 안 되어 답답한 것은 지극히 정상적인 일입니다. 외국어 공부를 시작했다가 금세 포기하듯이 진전이 없다 하여 마음공부를 포기하는 사람들도 많은데 산에 오를 때를 생각해 보세요. 평소 운동을 전혀 하지 않은 사람이 산에 처음 갔을 때 호흡은 거칠고 다리는 떨리고, 도대체 가도 가도 정상은 보이지 않고….

힘이 들어서 주저앉고 싶은 것을 꾹 참고 정상에 올랐을 때의 환희심을 체험했을 겁니다. 힘들었던 산행길의 고통을 한 순간에 싹 잊어버리고 하늘을 뛰어오를 듯 몸이 아주 가벼워지는 걸 느껴보셨을 겁니다. 마음공부는 산행보다 훨씬 더 괴롭고 훨씬 더 행복합니다. 차원이 다른 기쁨을 어찌 말로 표현할 수 있겠습니까.

조급한 마음도 공부의 단계입니다. 조급한 마음이 들면 산행길의 고통과 정상에 올랐을 때의 환희심을 되새겨보세요. 마음을 안정시키고 생각을 모두 내려놓고 마음공부를 하면 됩니다.

찰나 찰나 이 마음을 보는 것이 도道를 만나는 일입니다. 마음공부가 익기 전에는 외부와의 접촉과 움직임이 많아지면 많아질수록 그만큼 도와 멀어집니다. 처음에는 외부와의 접촉을 줄

이면서 마음공부를 하면 본성이 보입니다. 본성을 보면 행하는 것마다 참된 보살행봉사입니다. 남의 마음을 헤아리고 진정으로 보듬고 아끼게 됩니다. 우리들의 본성이 부처님이기 때문입니다. 본성을 찾아 행복해진 마음에는 그 어떤 번뇌와 망상도 들어오질 못합니다. 진정으로 행복한 마음이 바로 부처님 마음입니다. 마음공부가 뿌리내리면 모두가 행복한 부처님들의 세상입니다.

세상에서 가장 소중한 것

우리는 끌어안고 애착하고 있지만 삶은 불확실합니다.
하지만 태어나면서 죽음으로 향하고 있다는
그 사실은 확실합니다.
짧디 짧은 삶, 흐르는 세월이 야속하고
잠자는 시간도 아깝기만 합니다.
오늘 이 밤에도 정신일도하사불성精神一到何事不成!!!

마음공부로 다생겁 동안 겹겹이 쌓인 업장 소멸…
저는 금생에 마음공부 다 해 마칠 것입니다.
여러분도 마음공부를 해 보세요.

마음공부를 하면서 애쓴 것들은
이 세상 그 어느 것보다 훌륭한 일입니다.
마음공부가 여러분의 가슴에 깊이 새겨져 있다면
세상에 가장 귀중한 보물을 품고 있는 것입니다.

마음공부가 여러분의 가정에 있다면
날이 갈수록 더 귀하고 소중한 가정이 됩니다.
모두를 내려놓고 마음공부에 집중해 보세요.
본성자리에 도달하면 더 이상 겉치레에 휘둘리지 않고
모든 진리를, 보물을 자유자재로 쓸 수 있게 되고
완전한 행복과 평화가 햇살처럼 여러분의 가정을 비춥니다.

마음공부는 내 안에 품고 있는 부처를 드러내는 일입니다.
마음공부는 현세에는 행복한 삶을,
내생까지 영원한 행복을 보장해 주는 유일한 길이랍니다.
이생에 꼭 해야 할 일은 마음공부라는 것을 이제 아셨죠?

선지식을 목숨 바쳐 섬기라

마음공부에 들고서 가장 먼저 해야 할 일은 무엇인가?
세상에 태어나 가장 중요한 일이 무엇인지,
우선 급한 것이 무엇인지,
어느 것이 훗날 후회하지 않을 일인지 직관直觀
곧바로 바라보고 판단할 수 있어야 합니다.

모든 일을 딱 멈추고, 당장 급한 일
마음공부의 길로 들어올 수 있어야 합니다.
처음엔 5분, 10분, 이렇게 마음 챙김에 집중하십시오.
그리고 반드시 믿을 만한 스승에게서 화두를 받으십시오.
부처님께서는 이렇게 말씀하셨습니다.

  믿음이 없는 말세의 중생도 선지식을 잘 만나면
  깨칠 수 있다. 그러므로 선지식을 목숨 바쳐 섬기라.

화두공부를 할 때는 모든 생각을 멈추세요.

분별하는 마음을 내서도 안 됩니다.

모든 잡념에서 벗어나려 애쓰세요.

오로지 화두에만 집중해서 의심하고 또 의심하세요.

그래야 화두공부를 참으로 잘할 수 있습니다.

화두공부는 술술 잘 풀릴 때 조심하세요.

순조로운 게 결국 공부가 잘 안 되게 만들기도 하고,

망상이 진실로, 뒤바뀐 견해가

정견으로 둔갑하기도 한답니다.

경계가 나타나거든 화두를 받은 스승에게 점검받으세요.

망상인지 진실인지,

뒤바뀐 견해인지 정견인지 선지식이 알아봅니다.

만일 선지식이 눈앞에 없거든 경전을 읽으세요.

경전은 마음공부의 참고서이자 인증서입니다.

화두는 내 안의 열쇠

"화두를 챙긴다고 하는데 무슨 뜻인가요?"
"어떻게 챙겨야 하나요?"

저도 똑같은 문제에 부딪쳐 고민했습니다.
화두는 무조건 맞닥뜨려야 하고, 직접 깨뜨려야 합니다.
화두를 깨뜨린다는 건 정말 힘이 드는 문제입니다.
쉽게 표현할 길이 없어 안타까울 뿐입니다.

화두를 흔히 공안이라고도 하는데,
'시험 문제'라고 생각하면 좋을 듯하네요.
수험생이 시험 문제를 차근차근 풀어 나가듯
그저 조금씩 조금씩 공부해 나가야 합니다.
모르던 문제도 공부하다 보면 어느 순간 풀려서
답답하고 깜깜하던 것이 시원해지고 환해지듯이
화두를 깨치면 부처님의 경계로 바로 들어갑니다.
시험 문제도 공부해서 스스로 풀어야 하듯

화두도 직접 맞닥뜨려 풀어야 합니다.

그런 면에서 화두는 '내 안의 열쇠'입니다.

열쇠는 누가 열어야 하나요?

문제는 누가 풀어야 하나요?

스스로 열고 스스로 풀어야 할 뿐

별달리 뾰족한 수가 없습니다.

우직하게 일체를 멈추고 일체를 내려 놓고 화두를 챙기세요.

화두를 놓치지 말고 분명하게 집요하게 파고 들어가세요.

어느 날 마음이 아주 편안하고 고요해 집니다.

화두 들기가 어렵고 힘들다는 생각이 들수록

그 힘들고 어렵다는 그 길을 쫓아 들어가면

그 자리가 바로 거기에 있습니다.

밖에서 오는 손님에게 휘둘리지 않는 자리,

내가 우주의 주인인 그 자리를 보고 환희 용약할 겁니다.

현세에 꼭 풀어야 하는 시험 문제

이 시험 문제는 풀어도 되고 안 풀어도 되는 것이 아닙니다.
반드시 풀어내야 하는 절체절명의 문제입니다.
이 문제만 풀어내면 8만 4천 다생겁 동안
쌓아 왔던 모든 번뇌가 단번에 잘려나갑니다.

시험 문제를 풀고 번뇌를 끊어버리는 것,
천년 어둠 속에 갇혀 있던 동굴처럼
긴 터널 속에서 갇혀 있던 내 무명이
지혜의 불빛으로 밝아져
본래 있던 그 자리, 본성자리를 보고
그 자리에 들어가는 길입니다.
깨달음을 얻은 선지식들 모두 다
마음의 칼을 벼르고 벼려서
이 시험 문제를 다 풀어내신 분들입니다.

어느 스님이 동산수초 스님에게 여쭈었습니다.

"부처란 무엇입니까?"

부처님은 우주에서 가장 훌륭한 분입니다.
인간은 말할 것도 없고 하늘의 신들도 스승으로 섬기는
성인 가운데 성인이신 부처가 무엇일까요?

동산수초 스님의 대답이 걸작입니다.
마를 손질하고 계시던 스님은 질문이 떨어지기도 전에
마를 들어 보이면서 "마삼근일세"라고 했습니다.

'도대체 무슨 말씀이신가? 마삼근이라니?'
스님의 대답이 아주 엉뚱하게 들리지 않습니까?
일반 지식과 상식·견문으로는 전혀 알 수 없고
기술로도 풀어낼 수 없는 것입니다.
추측조차 할 수 없는 엉뚱하기 짝이 없는 동문서답입니다.
엉뚱한 그것이 시험 문제인 동시에 열쇠입니다.
그 엉뚱한 대답을 통해 내 안에 있는 정답을 풀어내야 합니다.
이런 것들이 마음공부의 재료요, 모두 화두입니다.

화두, 내 마음을 지켜주는 경호원

마음공부하는 이의 마음이 마음 밖에 있다면
공부하는 사람의 마음가짐이 아닙니다.
참되게 아는 만큼 마음공부는 찾아 들어가게 됩니다.
마음이 마음 밖에 있다면 사도邪道를 따르는 것입니다.
마음공부는 철저히 내 안의 나를 찾는 것입니다.
바깥경계에 마음을 두지 말고 안으로 품고
사유해 나아가야 합니다.

마음이 다른 곳으로 도망가지 못하게 철저히 감시하고
마음속 가슴 깊이 깊이 품고 사유해야 합니다.
만일 마음이 밖에 있다면 마음 도둑을 맞아 버린 겁니다.
도둑을 맞지 않게 마음 단속을 하세요.
가슴에 꽉 붙잡아 놓으세요.
언제 도둑 맞아버릴지 모르기 때문에
더 열심히 붙잡는 것입니다.
내 마음으로 나를 지키는 경호원이 바로 화두입니다.

잘 될까 안 될까, 깨우칠까 못 깨우칠까…

사람들은 '도道 닦는 일은 스님들이나 하는 일'이라는 생각을 합니다. '우리 같은 중생이 무슨 도를 닦나' 하는 생각은 아주 잘못된 편견입니다. 생활의 현장에서 고군분투하는 분들일수록 더더욱 마음공부를 해야 합니다. 생활 수행으로 참 지혜가 나와야 마음을 잘 다스릴 수 있고 하는 일 모두를 원만히 성취할 수 있는 것입니다.

마음공부를 할 때는 수험생이 시험 공부하듯이
꾸준히 간절하게 닦아나갈 뿐입니다.
그저 간절하게 닦아나가다 보면
어느새 자기 자신도 모르는 사이에 공부가 지어집니다.
그러니 '잘 될까 안 될까' 염려는 하지 마세요.
내가 이 공부 해서 '깨우칠까 못 깨우칠까'
이런 쓸데없는 망상도 하지 마세요.

간절하고 간절하게, 눈물이 날 정도로 간절하게 닦는다면 마음공부가 조금씩 진전이 있을 것입니다.

마음공부야말로 진정한 행복의 길이요,

가장 정확한 길이요, 참 생명의 길이요,

생사의 두려움을 완전히 없애는 길이라는 것을

확실히 믿고 마음공부에 온전히 바치고 또 바치세요.

그러면 어느새 내 안의 힘이 생깁니다.

에너지가 확대 재생산되고 기쁨이 가득해집니다.

될까 안 될까, 깨우칠까 못 깨우칠까, 염려와 망상 대신

오직 본성 자리를 믿고 간절하게 마음공부를 지으세요.

마음공부에 마음을 꽉 잡으세요.

유명한 임제 선사께서 말씀하시길,

"만약 쉬기만 한다면 그대로가 청정법신의 세계"라고

하셨습니다.

청정법신은 부처님을 뜻하고,

쉬기만 하면 부처님을 본다는 말씀입니다.

그래서 마음공부를 할 때는 일체를 놓고 쉬어야 합니다.

놓고 쉬고 비워야 모든 사물이 바로 보입니다.

그저 마음을 놓고 쉬기만 하면

까마득하게 느껴졌던 본성 자리가 보이고

인생의 모든 두려움에서 벗어나 대자유인, 부처가 됩니다.

어떻게 하여야 의정이 일어나는가?

오늘은 마음공부가 잘 되네요.

오늘은 정신집중이 잘 되네요.

오늘은 수행이 잘 되네요.

오늘은 정진이 잘 되네요.

마음공부를 하다 보면 어느 날은 공부가 아주 잘 될 때가 있습니다. 간절히 공부하다 보면 느닷없이 화두가 확 들어오는 날이 있습니다. 그때부터 마음공부의 힘을 얻었다고 보면 됩니다. 마음공부의 힘을 얻었다는 것은 마음에 진정한 의심이 일어난 것을 의미합니다. 진정한 의심이 일어나면 정신을 놓으려야 놓을 수가 없고 마음공부를 안 하려야 안 할 수가 없습니다. 마음공부의 결과가 마음뿐만 아니라 몸으로도 느껴집니다.

이 뭐꼬?

화두에 대한 참다운 의심이 일어나면 수행을 하지 않으려 해도 하지 않을 수 없게 되고 마음이 아주 맑아지면서 고요한 상태가 됩니다. 이때는 수행의 근기가 한층 다져지는 순간입니다. 이 순간을 놓치지 말고 큰 용맹심을 내서 더욱 간절히 선 수행에 힘써야 참으로 살아 있는 정신세계에 도달합니다. 이 마음을 계속 유지하면서 수행을 하게 되면 세상 모든 근심 걱정이 사라지고, 기쁨과 슬픔의 일체 감정에서 벗어나고, 선 수행 없이는 살아갈 맛이 나질 않습니다.

이제부터 바른 의정의 기운이 일어나는 것입니다. 이때부터는 참선 수행에 힘을 얻게 되고 모든 일이 자연스럽게 잘 이루어지게 됨을 알게 됩니다. 이때부터 선의 진정한 맛을 알기 때문에 마음공부에 더욱더 자부심이 생겨납니다.

진짜 의심이 생기면 모든 번뇌 망상이 사라지고,
몸과 마음이 자기 자신도 모르게 아주 맑고 고요해집니다.
평소 얼마나 이 생각 저 생각, 잡스러운 번뇌 망상에
사로잡혀 있었는지 생각하게 됩니다.
자기 안에 깃들어 있는 참 나를 알아차리게 됩니다.
참 나, 참된 마음을 찾게 되면
시공을 초월하는 느낌을 얻게 됩니다.
시간이 얼마나 지났는지,
몸이 있었는지 없었는지도 모르는 것….

이것이 참 나를 찾아 들어가는 과정입니다.

잠을 자는 동안에도 똑같이 참 마음을 지속시키는데,

이것을 몽중일여라고 합니다.

이러한 맑고 맑은 경지,

즉 부처 자리에 들어가는 체험을 하는 바로 그때

큰 용맹심을 내서 정신을 다잡아

더욱 힘차게 마음공부에 들어가야 합니다.

이때는 마음공부에 자신감이 꽉 차 있기에

의정이 반드시 일어나게 됩니다.

이 경지에 이르는 것이 어떻게 표현할 수 없는 부처님의 세계로 들어가는 것입니다. 주위의 미운 사람도 아주 예뻐집니다. 싫다는 생각도 없어지고 좋다는 생각도 없어집니다. 선과 악, 사랑과 미움, 기쁨과 슬픔의 감정까지도 모두 사라집니다. 기쁜 것도 아니고 즐거운 것도 아닌 상태… 이 묘한 기분을 법열法悅이라고도 표현합니다. 이 맛을 느끼게 되면 이 공부 안 하고는 도저히 살아갈 수 없습니다. 살아 있는 한 마음공부를 하고, 꼭 해내고야 말겠다는 생각을 하게 됩니다.

경계가 나타나거든
화두를 받은 스승에게 점검받으세요.
망상인지 진실인지, 뒤바뀐 견해인지
정견인지 선지식이 알아봅니다.

만일 선지식이 눈앞에 없거든 경전을 읽으세요.
경전은 마음공부의 참고서이자 인증서입니다.

일엽편주

작사 보현 / 작곡 송결 / 편곡 김근동

세월은 나보고 덧없다 하지마소 아라리 아라리요

우주는 날보고 곳없다 하지마소 아라리 아라리요

번뇌도 벗어라 욕심도 벗어두고 아라리 아라리요

물같이 바람같이 살다가려하네 덧없는 세월만이

어허야 어허라 어허야 어허라

비오면 비에 젖고 꽃피면 혼자 웃고

굽이굽이 흐르는 물 내 마음을 달래주네

이슬 같은 이 내 몸 쉬어간들 어떠리

만리강산 바라보며 나의 마음 쉬고 가네

세세생생 변함없는 피안의 길 나아가세

3장

지금은
생활 선禪
시대

이제 수행은 선택이 아닌 필수

습관적인 에너지가 우리 인생을 끌고 갑니다
마음공부도 습관이 되어야 합니다.
마음공부가 습관이 된 사람은
언제 어느 때나 한 생각뿐,
내적 충만으로 이룬 고요와 평화…
습관도 수행도 학습해야 하는 것입니다.

습관을 고치는 것도 깨달음의 일환이요,
못 고치는 것, 바꿔야 할 필요성을 느끼지 못하는 것,
아니 머리로는 알아도 몸뚱이에 끌려서
바꿀 수 없는 것은 중생의 고질병입니다.
절대적으로 고쳐진 습관은 시공을 초월합니다.
그때부턴 앉는 자리마다 마음공부 자리가 됩니다.
처음 선 수행을 하는 사람은
앉아 있는 것 자체가 괴로움입니다.
단 3분만 움직이지 않고 가만히 앉아 있기만 해도

몸을 비틀고 안절부절 얼굴을 잔뜩 찡그리며 괴로워합니다.
앉는 습관을 들여 놓으면 괴로웠던 순간이 언제 있었던가?
어느새 오래 앉아 있게 되고, 앉아 있는 순간순간이
세상에서 가장 안락하고 행복한 시간이 됩니다.

하루가 다르게 급변하는 이 시대!
이제 마음공부는 선택이 아닌 필수!
물질이 첨단화될수록 정신세계도 차원이 높아져야 합니다.
선 수행에 마음을 내기가 쉽지 않은
보통사람들의 근기가 높아져야 합니다.
아니 이미 당신은 선 수행을 할 만한 대근기입니다.
다만 자신이 자기 안에 보배를 못 느낄 뿐입니다.

지금이라도 내 안에 깃든 부처의 씨앗을 잘 키워보세요.
내 안의 부처님을 만나는 일은
곧 만인의 부처님을 만나는 일입니다.
마음과 마음, 마음속의 부처님들은 하나로 통하기 때문이지요.
모두가 마음공부를 하면 하나의 마음을 알게 되고,
진정한 의미의 안락과 행복, 평화를 누릴 수 있습니다.
스스로 선 수행을 하고
사람들에게 전해야 하는 까닭을 알겠지요?

지금은 생활 선 시대

"선이 무엇인가요? 생활 선은 또 무엇인가요?"
언제부터인가 불교 수행법이
사람들의 관심을 집중적으로 받게 되었습니다.
단순한 호기심이 아닙니다.
궁금증을 제대로 풀어주면 발심의 원동력이 됩니다.

'선禪' 하면 가부좌를 하고 앉아 있는
스님들 사진이 떠오릅니다.
선은 깊은 산속에서 수행하는 스님들의
전유물이라 여깁니다.

아닙니다. 선은 스님들의 전유물이 아닙니다.
불교수행법으로 고정시키는 것도 선입견에 불과합니다.
깊은 산속 선원에서 수행하는 스님들의 참선도 중요하지만,
더 소중한 것은 일상생활 속에 생생하게 살아 숨쉬는
생활 선입니다.

지금 어떻게 살고 계시나요?

세상사 면밀히 관찰하면서

자신의 일에 최선을 다해 살고 계신가요?

나는 어디서 왔다가 어디로 가는 것인가?

삶과 죽음에 의문을 품고 마음 깊이 사유하며

살아가고 계시나요?

그렇다면 당신은 이미 생활 선을 하고 계신 것입니다.

선은 복잡한 세상을 살아가는 생활인들이

반드시 해야 하는 마음공부입니다.

선을 하면 뜬구름 잡는 삶이 아닌

바르게 살아가는 길이 열립니다.

당신은 이미 선적인 사고를 갖고 있습니다.

무슨 일을 해도 완벽하게 구사할 수 있는

능력을 갖추고 있는 당신,

당신 안의 에너지를 믿고 최선을 다해 살아가는 것,

그것이 바로 생활 선입니다.

생활 선은 신비스러운 과학

자신감이 부족한 사람들을 보면 참으로 안타깝습니다. 그분들에게 부처님 말씀을 알려주고 생활 선禪을 알려주고 싶은 마음이 듭니다.

"당신도 부처님과 똑같은 여래의 씨앗을 갖고 있습니다.
당신은 세상에서 가장 귀한 존재입니다.
생활 속에서 당신 내면에 깃든 여래의 씨앗을 싹틔우고
부처로 새롭게 태어날 수 있도록 이끌어주는 법이
바로 생활 선입니다."

생활 선은 자기가 자기를 관찰할 수 있는 참 훌륭한 수행법입니다. 단 1분만으로도 효과를 볼 수 있습니다. 꼭 가부좌를 틀고 앉을 필요도 없습니다. 자기 상황에 맞게 하면 됩니다. 사무실에서 의자에 앉아서도 할 수 있습니다. 반듯하게 자세를 한 다음 들숨과 날숨에 집중하면서 관찰하십시오. 허리와 척추를 반듯하게 펴고 걸으면서 호흡을 하는 것도 효과적입니다. 생활 선은 즐겁게 하면 더 좋습니다.

앉아서 수행할 때는 결가부좌나 반가부좌를 기본으로 합니다. 엉덩이를 쿠션으로 받쳐 허리가 앞으로 약 5도 정도 기울어진 상태에서 코끝과 배꼽을 일치시킵니다.

자세를 갖춘 뒤 호흡을 시작합니다. 생활 선의 호흡법은 출장식 호흡법이라 부릅니다. 반드시 호(呼), 즉 내쉬는 숨(4초)부터 시작해야 합니다. 내쉬는 숨을 들이마시는 숨(2초)보다 길게 합니다. 수련을 하면서 호흡을 10초, 20초, 30초 등으로 시간을 늘려봅니다.

생활 선은 복잡다단한 생활 속에서 곧바로 부처님 세계로 들어가는 아주 신비스러운 과학입니다. 나를 위한다면 생활 속에서 적극적으로 수행해야 합니다. 물론 초보자일 경우, 조용한 곳을 정해두고 수행하면 더욱 편안하게 내면을 관찰할 수 있습니다. 그러다가 마음공부가 익숙해지면 아무 곳에서나 생활 선을 할 수 있게 됩니다.

참선에 들어가기 전에는 음식을 조금 먹는 게 좋습니다. 화장실에 가서 볼일을 다 보고 온몸에 번거로움이 없어야 합니다. 핸드폰도 꺼두시는 것이 좋습니다.

생활 선을 하면 여러 가지 변화가 옵니다. 자기 마음을 자기가 봄으로써 자기의 부족한 점, 못마땅한 점, 핸디캡까지 보게 됩니다. 중요한 것은 보면 사라진다는 것입니다. 자기 자신의 핸디캡이 자연스럽게 고쳐지는 것입니다. 자기가 자기를 칭찬하고 자기의 단점조차 사랑과 연민으로 감싸 안아 주게 됩니다. 자애로운 마음이 저절로 나옴으로써 자기 자신에 대한 사랑과 연민도 커지고, 그만큼 다른 사람에 대한 사랑과 연민도 커집니다. 무엇보다 열등감이 극복되고 자신감이 생기게 됩니다.

저는 20대 초반에 이미 가수로 모델로 아주 활발하게 활동했습니다. 전국적인 큰 무대에 서서 수많은 사람들 앞에서 노래했지요. 모델들의 로망인 화장품 광고 모델로도 활약, 선망의 대상이 되기도 했습니다.

하지만 저는 여전히 무대가 두려웠습니다.

'실력 발휘를 제대로 할 수 있을까?'

속으로 덜덜 떨린 적이 많았습니다. 큰 무대에 여러 차례 출연했는데도 불구하고 떨리는 그 마음은 초보 시절과 똑같았습니다.

그런데 마음공부를 하면서 큰 힘을 얻었습니다. 대중들이 바라다보는 큰 무대는 물론이고, 이 세상 이치를 깨달았다고 하는 모든 선시식들을 상대해도 될 것 같은 활발발하고 통쾌하고 유쾌하고 자유로운 에너지를 어찌 설명할 수 있겠습니까. 아무튼 확실한 것은 큰 무대에서도 실력 발휘를 무한대로 할 수 있다는 것입니다. 마음공부를 하면 실력 발휘를 뛰어넘어 자유자재로 살 수 있는 소득이 있습니다. 마음공부는 한마디로 긍정 에너지를 우주처럼 키우는 공부입니다.

마음공부를 하면 더 이상 소인배로 살지 않아도 됩니다. 누군가가 자기를 헐뜯고 비난하면 '아~그랬구나' 하고 받아들이는 마음, '내가 잘못했겠지' 하며 작은 잘못이라도 반성하는 마음이 됩니다. 자존심을 크게 건드리는 말을 들어도 노여움보다는 반성을 하고, 참된 말을 인정할 줄 알고, 이해하고 사랑하는 마음이 한없이 커집니다.

마음공부로 마음 그릇을 키운 만큼 자기가 보이고 상대방이 보입니다. 천하를 받아들여 대 자유인으로 살아가는 것도, 좁쌀 같은 마음으로 애면글면 안달복달 살아가는 것도 다 자기할 탓입니다.

마음공부로 대 자유인으로 살아가시렵니까?

좁쌀 같고 밴댕이 같은 소인배로 살아가시렵니까?

감정 선이 필요한 까닭

사람들은 누구나 희로애락의 감정을 가지고 살아갑니다.

그래서 감정은 첫손으로 꼽아야 할 공부거리입니다.

선 수행으로 감정을 잘 다스려야 하는 것은

사람은 누구나 감정을 주고받으며 살아가고 있기 때문입니다.

사람들의 성격도 가지각색이고 직업도 천차만별입니다.

사람들과 함께 생활하면서 어려움을 겪기 마련입니다.

'저 사람이 나한테 감정이 있나?

왜 저래' 하는 순간 참 많았지요?

사람들에 대한 감정 때문에 어려움을 겪고 있을 때

마음공부를 하십시오.

아니 하고 있는 모든 것을 잠시라도 놓고 쉬세요.

놓고 쉬면서 차근차근 돌이켜 보세요.

뒤돌아보면 답은 그곳에 있습니다.

이게 생활 선이요, 감정 선感情禪입니다.

감정의 골이 깊어서 괴로움이 클수록

마음공부도 크게 성취할 수 있습니다.

아르바이트 하는 현장에 가보실까요?

"손님이 왕이다."

아르바이트생은 주인에게 손님을 왕처럼 모시는

친절교육을 받습니다.

자기 안에 있는 모든 감정을 잘 숨기고

일단 서비스에 투철해야 합니다.

친절은 어디에서나 강조하는 점이기도 합니다.

친절이 몸에 배지 않으면 곧바로 해고될지도 모릅니다.

손님이 아르바이트생의 인권을 무시하는

오만방자한 행동을 해도 꾹 참고

손님을 왕처럼 모셔야 하는 상황이 수도 없이 생깁니다.

이러한 일이 있을 때 마음을 잘 관리해야 합니다.

이럴 때 스트레스 받지 않고

자기 마음을 잘 관리하는 법이 생활 선입니다.

자기 사랑, 자기 연민, 자기 치유가 된 사람은

어떤 상황에서도 스트레스를 덜 받고

늘 편안한 마음을 갖게 됩니다.

하지만 그렇지 않은 사람들,

자기에 대한 사랑과 연민, 치유가 부족한 사람은

주위 환경을 탓하게 되고, 사회를 원망하고,
우울증 · 자살 등 끔찍하고 가슴 아픈
비극적인 결말을 보여줍니다.

오염된 삶에 물들지 않고 잘 버티기 위해서라도
마음공부를 통해 감정선을 잘 다스려야 합니다.
자기가 자기 감정을 이해하고 자기의 속성을 바로 알아차리면
감정을 잘 다스릴 수 있게 되고, 제 아무리 험악한 세상에서도
휘둘리지 않는 방법을 찾게 됩니다.
이것이 바로 감정 선입니다.

참고 살아가야 하는 사바세계에 태어난 사람은
누구나 다 마음을 다스려야 합니다.
감정 선을 생활 선의 첫손으로 꼽고 해야 한다는 말입니다.
세상에는 각양각색의 다종다양한 사람들이 살아가기 때문에
감정 선을 잘 해야 끔찍한 사건사고를 예방할 수 있습니다.

나뿐만 아니라 모든 사람이 정서에 따라
감정의 기복이 다르다는 것을 받아들이세요.
느낌에 따라, 마음속에 일어나는 기분 · 감정 · 반응에 대한
느낌과 심정에 따라, 사람이 내면으로부터 일어나는

감정이나 심리상태와 지성에 따라 다르다는 것도
받아들이세요.
사물을 객관적으로 인식해서 판단하는 정신적 기능,
어떤 짐작이나 상상으로부터 떠오르는 것들도 다 다릅니다.
이러한 모든 것들이 감정으로 드러나고
또 다른 감정을 불러일으키는 것입니다.
이 감정들이 일어나는 것을 제대로 돌아보고,
바라보고 생각해 보세요.

본래 우리의 마음은 맑고 맑은 청정심인데
마음속에 먹구름이 시커멓게 끼어 있으면
맑은 마음 청정심이 보이지 않습니다.
마음속 먹구름을 걷어내고,
이러한 청정심을 제대로 드러낸다면
행복하고 편안한 삶을 살게 됩니다.

이기는 유전자를 갖고 싶은가?

우리는 고도로 발달된 현대에 살고 있습니다.

우리나라는 최고의 아이티 강국이기도 합니다.

수십 년 전, 또는 수백 년 전에는

상상도 못할 정도로 발전에 발전을 거듭하는 세상…

지극히 편리한 문명 기구들을 자유자재로 활용하면서

풍요로움을 누리는 스마트한 세상…

그런데 정말 스마트한 세상인가요?

어려웠던, 춥고 배고팠던 그 시절보다 행복한가요?

그렇지 않은 것 같습니다.

행복하다는 사람들보다는 오히려

더 불안하고 더 괴롭다는 사람들이 많아졌습니다.

좋은 학교, 안정된 직장에 다니고 있는 사람들조차도

습관처럼 몸과 마음에 밴 생존 경쟁으로 인해

삶터인지 전쟁터인지 모를 세상에서 불안에 시달립니다.

오지 않은 미래에 대해 두려워합니다.

해마다 늘어가는 스스로 목숨을 끊는 이들의
자살자 통계수치도 이를 증명해 줍니다.
이러한 데서 벗어나려면
먼저 내 안의 전쟁에서 이겨야 합니다.
그러기 위해선 반드시 나를 이기는 생활 선을 해야 합니다.

행복할 수 있는 여러 조건을 갖추고도
행복을 느끼지 못하는 까닭은 무엇일까요?
잘못된 습관 때문입니다.
오직 움켜쥐어라, 앞으로 나아가라,
'이기는 유전자'를 주입받았기 때문입니다.
현대인의 비극은 바로 여기에 있습니다.

이제부터라도 남과 경쟁하는 껍데기 인생이 아닌
내 삶의 참 주인공으로 살아가세요.
주인공으로 살기 어렵지 않아요. 정말 쉬워요.
그저 집착과 욕심 부리는 습관에서 벗어나면 됩니다.

생각 선, 21세기 맞춤 생활 선

우리는 현재 21세기를 살고 있습니다.

하루가 다르게 바뀌는 세상,

상상할 수 없는 속도로 빠르게 변하는 세상에서

전통 선은 훌륭한 선이지만 고집할 수는 없습니다.

빠르게 바뀌고, 바쁘게 돌아가는 일상 속에서

전통 선을 행하기는 어렵습니다.

이러한 시대적 여건에 적합한 생활 선을 해야 하는데

생각 선도 좋은 수행법 가운데 하나입니다.

생각 선은 생활 속에서 늘 생각을 깊게 깊게 하는 것입니다.

생각을 깊이 하면 어설픈 일이 생기지 않습니다.

생각을 깊이 하면 맑고 청아한 밝은 마음이 됩니다.

생각을 깊이 하면 흐뭇한 느낌, 행복감이 밀려옵니다.

모든 일에 긍정적인 마음으로 임하게 됩니다.

당신이 원하는 것, 돈이라면 돈, 명예라면 명예,

학업이라면 학업까지 다 이룰 수 있습니다.

이것이 바로 생각 선입니다.

물론, 위와 같은 것들은 살아가기 위한 수단에 불과합니다.

하지만 사람들이 원하는 것은 이런 것들이기에

먼저 해결하는 것이 좋습니다.

작은 것이 해결되면 큰 것으로 나아가기 쉽기 마련입니다.

마음공부를 아주 깊이 들어가면

돈과 명예는 삶의 방편일 뿐이라는 것을 알게 됩니다.

삶의 궁극적인 목표가 아니라는 것이 느껴지고

본격적인 마음공부로 들어가게 됩니다.

잠을 자지 않아도, 밥을 먹지 않아도 좋은 경지가 옵니다.

'마음을 찾았구나' 하는 그 순간 아주 홀가분한 상태가 됩니다.

세간의 삶, 방편의 삶은 드디어 끝나고

출세간지出世間智의 삶을 맛보게 됩니다.

직접 해 보십시오. 궁금하지 않으십니까?

삶을 업그레이드시키는 마인드컨트롤 선

당신은 당신의 삶을 업그레이드하고 싶으신가요?
설마 다운그레이드하고 싶지는 않으시겠지요?
가장 강한 힘으로, 근본적으로 나를 끌어올릴 수 있는 것,
내공을 얻을 수 있는 것이 바로 생활 선입니다.
의도적으로 인위적으로 조작해서라도
늘 생각이 깨어 있게 해야 합니다.
자기가 자기 마음에 깨달음의 최면을 걸어 놓아야 합니다.
긴장을 이완시키고 무엇인가 갈구하는 정신적 허기를
달래주어 평안한 마음을 유지할 수 있어야 합니다.

마인드컨트롤, 자기 마음을 잘 조절하는 것도 생활 선입니다.
그래야 의식 상태에서는 물론이고 무의식 상태에서도
소통이 되어 성찰할 수 있는 힘을 발휘할 수 있습니다.
그러면 자연스럽게 마음에 대한 관심과 집중도가 높아집니다.
당신을 뿌리 깊이 업그레이드시키는 생활 선이 됩니다.

아침에 눈을 뜸과 동시에 마음의 눈 또한 함께 뜨므로

하루종일 내 마음이 다른 곳으로 도망가지 않습니다.

마음을 바깥경계에 빼앗겨버리면 긴장이 되어

그 어느 것도 손에 잡히지 않습니다.

이 긴장 속에서 무언가를 하려고 하면,

온 정신이 쏙 빠져나갔기 때문에

무슨 일을 하더라도 실수를 하거나 그르치기 쉽습니다.

긴장 속에서는 집중력을 발휘하거나

마인드컨트롤을 하는 것이 쉽지 않고,

성격 또한 예민해지며 모든 것을 부정적으로 생각하게 됩니다.

몸속의 혈액도 굳으면서 순환기까지 고장나고 맙니다.

마음도 몸도 조절 기능이 망가지는 것입니다.

이런 것들을 미리 막는 방법은 아침에 눈을 뜸과 동시에

최면술을 쓰듯 긴장의 에너지를 긍정 에너지로 변환하십시오.

이러한 마인드컨트롤 작업이 곧 생활 선입니다.

이렇게 마인드컨트롤 생활 선으로

마음의 근육을 키워 힘을 얻기를…

마침내 당신 안에 본래 깃들어 있는

부처의 씨앗을 활짝 피우기를….

만사형통의 생활 선

생활 선은 내가 나를 이해하는 법, 나 스스로를 위하고
나와 깊이 포옹하는 능력을 보는 것입니다.
당신은 당신 자신을 얼마나 이해하고 위하시는지요?
자기 스스로를 책망하고 있지는 않으신지요?

사람들의 일상을 보면 자기를 미워하고 책망하며
자기 스스로를 용서하지 못해 괴로워하며 헤매고 있습니다.
이런 저런 핑계를 대면서
술과 함께 생활 선禪하고, 다툼과 함께 생활 선禪하고
도박과 함께 생활 선禪하고
자신을 미워하며 생활 선 하는 것 같습니다.
온통 아수라와 같은 마음으로
제멋대로의 생활 선에 집중하고 있지는 않은지 살펴보세요.
알고 보면 세상에 선禪 아닌 게 없기 때문에
술 · 다툼 · 도박에도 생활 선禪을 붙였으니 말에 속지는 마세요.
마음을 병들게 하는 것은 물리쳐야 합니다.

왜 자신에게 독을 품어 병들게 하는지요?

먼저 자기에게 품은 잘못된 독기를 빼내십시오.

그러기 위해선 긴장을 풀어줘야 합니다.

일단 무조건 쉬고, 또 쉬십시오.

몸과 마음을 이완시켜야 긴장이 풀어집니다.

굳어져 있던 근육들 또한 원래대로 회복됩니다.

늘 긴장 속에 사는 사람은 자기감정에 빠지기 쉽습니다.

자기는 물론이고 상대방의 마음을 헤아리지 못합니다.

긴장은 고통을 낳고, 독처럼 두려움과 집착을

몸속에 퍼뜨려 늘 공격적입니다.

내가 나를 죽이는 것과 다름없는 삶을 가져옵니다.

내가 내 말에 속지 말고 생활 선에 힘쓰세요.

생활 선을 하면 바깥 경계에 휘둘리지 않습니다.

오히려 바깥경계를 다스릴 줄 알게 됩니다.

마음 선, 감정 선을 잘 다스리면

자연스럽게 만사형통의 삶이 됩니다.

일상생활을 잘 살기 위해서도 생활 선을 해야 합니다.

생활 선은 삶의 든든한 주춧돌입니다.

대 자유를 찾아 떠나는 생활 선 여행을 하세요.

당신의 삶이 달라집니다.

비즈니스 선禪

생활 선은 성공적인 삶을 위한 갖가지 방편 선이 있습니다.
선은 사람마다 가지고 있는 본성을 발견하는 수행으로,
달리 보면 자기 계발의 최고봉이라 할 수 있습니다.
선을 함으로써 창의력과 집중력 등 능력을 극대화할 수 있기에
글로벌 시대, 세계를 상대로 비즈니스를 해야 하는 시점에서
정말 절실하게 필요한 수행법입니다.
자기 계발에 탁월한 생활 선을 일컬어
비즈니스 선禪이라고 합니다.

비즈니스 선은 자기 계발이라는 현실적인 소득도 있지만
선을 통해 마음의 고향을 발견한다는 점에
더 큰 소득이 있습니다.
고향에 가면 마음이 푸근해지고 안정되듯이
마음의 고향을 발견하면 번뇌가 사라지고 평온해집니다.
안절부절 흔들리는 마음 때문에 헤매는 것이지
마음이 안정되어 고요해지면 밝은 지혜가 열립니다.

사람의 마음은 8만 4천 가지의 행복과 번뇌가
함께 동시에 움직이고 있습니다.
누구나 다 8만 4천 가지 복과 덕을 다 갖추고 있지만
그와 같은 크기의 번뇌에 휩싸여, 밝은 지혜가 부족하여
그것을 꺼내 쓰지 못하고 불안정한 것입니다.

그런데 선을 하다 보면 마음의 고향을 보고
'아~~ 이거구나' 하는 환희심,
마음의 안정과 밝은 지혜가 드러나는 것입니다.
마음의 고향에 든든하게 지어놓은 보배 창고에서
밝은 지혜를 마음껏 꺼내 쓸 수 있으니
어떠한 비즈니스도 다 성공할 수 있는 것입니다.
비즈니스 선의 힘은 무궁무진합니다.
실제로 경영의 대가들은 비즈니스 선을 했습니다.
세상을 바꾼 천재 스티브잡스, 경영의 신 이나모리 가즈오,
세계적 명배우 리차드 기어 등등
선을 통해 성공적인 삶을 일군 분들이 아주 많습니다.

정신을 낭비하지 마십시오.
여러분 절대 정신을 놓지 마십시오.
여러분의 정신은 여러분의 것입니다.

바깥 경계에 정신을 빼앗기지 말라는 말입니다.

그 어느 곳에도 정신을 빼앗기는 허점을 보이지 마세요.

비즈니스 선은 아무리 어지러운 세상에서도

정신을 빼앗기지 않고 살아갈 수 있는 힘을 줍니다.

선을 생활화하면 마음이 안정되고 자기도 모르게

지혜가 쏟아져 업무 성취도를 높여줍니다.

어렵고 힘들수록 돌아가라고 했습니다.

돌아가는 법 가운데 가장 좋은 것이 선 수행입니다.

비즈니스로 인한 스트레스를 받을 때 고통스러워하지 말고

바로 그 순간 호흡을 가다듬고 선을 하세요.

허리를 곧추세우고 반듯하게 앉아 호흡을 고르는 바로 그 순간

곧바로 마음이 안정됩니다. 더 깊이 들어가면

지혜가 열리고 해법을 찾게 될 것입니다.

비즈니스 선 수행으로 사업의 성공,

영원한 행복을 누리시길 바랍니다.

비즈니스 선은 성공 선이라고 표현할 수도 있습니다.

미국 기업가들 사이에도 비즈니스 선이 유행하고 있습니다.

생활 선, 성공 선, 비즈니스 선, 다 표현만 다를 뿐

모두 다 선 수행으로 자기를 찾고,

자기 안의 능력을 끌어내고 마음을 잘 다스려

성공적인 삶, 활기찬 삶을 살아가는 것입니다.

최근 미국 경제주간지에 참선하는 스님,

참선하는 기업가가 표지인물로 등장하는 경우가 많습니다.

스트레스가 업무방해꾼이라는 인식이 확산되면서

참선하는 기업인들, 직장인들이 늘어가고 있답니다.

참선을 하면서부터 스트레스가 현저하게 줄어들고

의사결정능력, 업무능력이 향상되었다는 이야기가

심심치 않게 전해지고 있습니다.

구글, 이름만 대면 알 수 있는 그룹도 생활 선으로

정보기술(IT) 업무에 지친 직원들의 정신건강을 지켜주고,

생활 선을 하면서 마음을 잘 조절하는 법과

자존감을 높이는 법을 깨우침으로써

본인의 에너지를 최대한 끌어내어

개인의 삶의 만족도는 물론이고

회사 발전에도 크게 기여하게 되었답니다.

자유로운 업무환경 속에서 생활 선과 접목시키게 되면

아이디어가 번뜩번뜩 떠오릅니다.

이제 참선은 개인을 위해서나 기업을 위해서나

선택이 아닌 필수 과정이 되어야 합니다.

비즈니스 선은 아무리 어지러운 세상에서도
정신을 빼앗기지 않고 살아갈 수 있는 힘을 줍니다.

성공 선禪

세상사람 누구나 행복과 성공을 바랍니다.

행복한 인생, 성공적인 인생은 어떤 것인가?

사람마다 다 잣대가 다르겠지만

위로는 깨달음을 구하고 아래로는 중생을 교화하는

상구보리 하화중생의 보살행을 실천하는 삶이

가장 행복하고 성공적인 인생일 겁니다.

자기 스스로 깨달음을 통해

마음의 안정과 영원한 행복을 얻고,

다른 사람을 교화하기 위해서는

마음의 교화도 필요하지만 물질이 필요할 때도 있습니다.

자기 삶을 책임지는 것은 물론이고

다른 사람에게 적게라도 물질을 나누어줄 수 있어야

행복하고 성공한 삶이라고 할 수 있을 것입니다.

예전에 선지식들은 생활고에 허덕이며

고통을 하소연하는 신도들에게 참선을 하라고 했습니다.

당장 밥벌이를 못해서 괴로워하는 사람들에게 참선이라니
세상살이를 몰라도 너무 모른다고
비난하는 분도 있을 것입니다.
참선을 하면 지혜가 열리기 때문에
밥벌이를 잘할 수 있는 길이 열리는 것입니다.
당장 바빠서 수행할 수 없다는 분들일수록
참선을 해야 합니다.
밥을 짓거나 택배 배달을 하면서도 할 수 있는 게 참선입니다.
생업을 하면서 육근이 다 가동되고,
이 몸을 활발히 움직이면서도 가능한 것이 생활 선입니다.
참선이라 하니 어렵게 생각하는데,
생활하면서 움직이는 생각을 하나하나
살펴보는 것들이 바로 참선입니다.
무슨 일이든 크게 성공하기 위해선 참선을 해야 합니다.
좋은 점수를 바라는 학생일수록 참선을 해야 합니다.
운동선수, 예술가, 기술자, 연예인 등등 다 마찬가지입니다.
참선을 함으로써 마음속 오염을 제거하면
자잘한 질병은 저절로 물러납니다.
모든 일들을 완벽하게 이룰 수 있는 기법이 성공 선입니다.
언제 어느 때나 성공 선을 하시어 성공하시길 바랍니다.

생각의 소화가 되어 인생에 막힘이 없다

100% 성공 선禪을 성취하기 위해서는
먼저 한 호흡을 잘 관찰해야 합니다.
생활 속에서 한 호흡 쉬고 가는 것만큼
더 많이 나아갈 수 있는 길이 바로 성공 선입니다.
한 호흡 들이쉬고 마음을 관찰하고,
한 호흡 내쉬고 마음을 관찰하는 호흡관찰이야말로
생활 속에서 실천하기 좋은 수행법이요,
성공의 지름길입니다.

왜 호흡을 관찰하는 것을 첫손에 꼽는가?
사람의 생명은 호흡 사이에 있기 때문입니다.
호흡을 제대로 하느냐 하지 않느냐에 따라
생명이 좌우되므로 호흡 관찰이 그만큼 중요한 것입니다.
또한 관觀하는 것은 내가 나를 지켜보는 것, 비추어보는 것,
모든 것을 비추면서 스스로도 비추는 것을 의미합니다.
비추는 힘에 따라 관찰의 범위가 무한대로 넓어질 수 있습니다.

아주 깊은 호흡관찰은 한 순간에 방광과 함께
빛이 참 나를 비추는 순간으로 인도합니다.

욕망이 큰 사람일수록 앞만 보고 쉼 없이 달려갑니다.
그렇듯 한 호흡 쉬지 않고 달리게 되면
마음 병객이 들어와 자리하게 되는 것입니다.
처음에는 마음 병객이었지만, 마음 병객이 육체로 들어오면
육체에도 병마가 들어오게 됩니다.
마음이 건강해야 몸이 건강한 이치가 여기에 있습니다.

여러분은 언제 호흡이 힘든지 살펴보십시오.
자기 호흡을 관찰하고, 한 호흡 쉬고, 거친 숨을 몰아내세요.
이 몸을 관찰하고 돌아봐야 합니다.
지금까지 걸어 온 길을 제대로 점검하는 것이 성공 선입니다.
쉬지 않고 달려온 그 길을 다시 찾아가면
본심 · 본성 · 본질 그 자리가 보입니다.
그 자리가 온갖 욕망과 번뇌 망상에
꼼짝없이 묶여 있는 것을 볼 수 있습니다.
스스로 풀어놔야 본성자리가 움직입니다.
그때 성공의 길이 열립니다.
그래서 성공 선입니다.

성공 선을 뼛속까지 사무쳐 사유思惟하고 닦으세요.
자기를 본 사람이 성공 선禪을 제대로 닦은 사람입니다.

참선을 활용하면 원하는 것을 이룰 수 있습니다.
정말 간절히 원한다면 노벨 상도 탈 수 있을 것입니다.
생활 속에서 성공 선禪을 깊이 하게 되면
기적적인 아이디어가 쉼 없이 쏟아져 나옵니다.
깊이깊이 몰두해서 자기 본성을 보는 작업이기 때문에
'아주 만족한 삶' '흐뭇한 일' '어설프지 않은 삶'
미래의 깨어 있는 자기를 발견합니다.
성공적인 인생은 따 놓은 당상입니다.

선禪을 생활화한 사람은
생각의 소화가 아주 잘 되어 인생에 막힘이 없습니다.
생각의 소화가 잘 되면
빛나는 인생에 막힘이 없을 뿐만 아니라
창의력, 집중력, 문제해결능력, 판단력, 예지력, 사고력 등이
발휘되어 무슨 일을 하든 큰 성과를 가져 올 수 있습니다.
성공 선은 백 퍼센트 성공적인 삶의 비결입니다.

리더십 선禪

생활 선은 곧 리더십 선禪이라 할 수도 있습니다.
생활 선이 깊어지면, 자기 내면을 보게 되고,
자기가 부처님과 똑같은 불성 존재라는 것을 알게 됩니다.
자기가 자기를 존중하고 존경하게 됩니다.
아니 자기뿐만 아니라 모든 사람이
다 한없이 귀한 불성 존재임을 알게 됩니다.
모든 사람들, 세상 만물을 대할 때
존경의 눈, 따뜻한 눈으로 보게 됩니다.

생활 선은 내 안에 깊이 잠재된 리더십을 드러나게 합니다.
생활 선을 통해 리더십이 얻어지면 관대해집니다.
보는 눈이 더 밝아지고 듣는 귀가 더 잘 열립니다.
카리스마 넘치는 리더로 존중받게 됩니다.
전쟁터와 같은 삶의 현장에서
더 많은 사람들과 교류하는 것도 어렵지 않습니다.
참된 용기와 능력을 발휘하여 분위기를 밝게 주도하고,

모든 일에 열정을 가지고 책임감 있게 해냅니다.
경쟁과 다툼이 아닌, 진정한 리더십으로
상대방에게 좋은 영향을 주고 이끌어줍니다.

생활 선은 리더십 선입니다.
자기 안에 잠재된 리더십을 끌어내어
사랑, 배려, 경청, 봉사, 연민 등
자비로운 리더의 삶을 살지 않으시렵니까?

면접을 앞둔 분들에게 권하는 자세 선禪

기본적인 자세가 어떤 일이든 가장 중요합니다.

사물이나 현상에 대해 갖는 마음가짐이나 태도도 중요하고,

몸을 움직이는 모양새도 매우 중요합니다.

몸의 자세는 마음가짐에서 비롯된 습관에서

나오기 때문입니다.

생활 선은 마음가짐을 바르게 해 줄 뿐만 아니라

몸의 자세도 바로잡아 줍니다.

반듯하게 허리를 곧추세우고 앉으면

온 몸의 장기도 제자리를 찾고,

바른 자세와 바른 호흡을 통해 몸을 조절하면

온몸이 순환이 되어 청량감이 느껴집니다.

자세를 바르게 하는 것만으로도

기억력이 좋아지고 지혜로워집니다.

생활 선을 배우고 직접 실천해 보시면

몸이 먼저 반응할 것입니다.

바른 자세는 물론이고 마음가짐과 태도가 정립되어
마음을 어떻게 쓰고 행동해야 할지 깨닫게 됩니다.
생활 선 가운데 자세 선은
삶의 주춧돌을 든든하게 놓는 작업입니다.

특히 자세 선은 면접을 앞둔 분들에게 권합니다.
선을 하면 아주 평온하고 여여한 심리상태가 되기 때문에
어느 장소에 가서든 긴장된 자세는 물러나고
안정된 자세가 됩니다.
의젓하고 위엄 있는 자세를 보임으로써
상대방에게 신뢰를 줍니다.
면접관은 스팩이 다소 부족하더라도
자세가 반듯한 그에게 기회를 줄 것입니다.
자세 선을 하면 실제로 흐트러짐 없이 차분히 매사에
일처리를 지혜롭게 잘합니다.
취직을 준비하는 분들은 물론이고
사업을 하시는 분들에게도 자세 선은 큰 효과가 있습니다.
거래처 사람들에게 호감을 주기 때문에
원하는 일을 꼭 이룰 수 있습니다.

보이지 않는 힘을 끌어 쓰는 능력자가 될 수 있다

세상에는 보이는 것보다 보이지 않는 힘이
더 크게 작용하는 것처럼 보일 때도 있습니다.
원인을 알 수 없는 상황에서 사람들은 더 불안해 합니다.
물론 어리석어서 원인을 모를 뿐, 인과는 확실한 것입니다.
수행을 통해 불안한 마음에서 벗어났다는 분들이 많습니다.
맞습니다. 불안에서 해방되는 것도 수행의 소득입니다.

불안한 마음이 어디에서 왔습니까?
불안한 마음에 실체가 있습니까?

생활 선을 통해 깊이 사유하고, 관찰하고,
선지식에게 받은 화두를 끝까지 물고 늘어지면
불안한 마음에 실체가 없다는 것을 알게 됩니다.
마음의 장난임을 알 수 있을 뿐만 아니라
자기 마음 상태의 원인까지 규명할 수 있습니다.
보고 알면 사라집니다.

선 수행을 할 때 주의할 점이 있습니다.

좌복에 앉아서 관찰할 때,

자비스러운 마음, 행복한 마음 상태에서 관찰해야 합니다.

그 자비하고 행복한 기운이 내 몸을 지켜보고 있음을 인지하고

나를 비롯한 일체 중생에게 자비와 행복의

에너지가 돌고 있다고 생각하면서

사유하고 관찰하고 화두를 들어야 합니다.

마음으로 이 자비와 행복의 에너지를

일체 중생에게 보내는 수행도 아주 좋습니다.

일체 중생이 언제나 긍정적인 자비수행관을 통해

행복하게 살아가기를 기원해 주는 것도 아주 좋습니다.

이런 긍정적인 마음을 가지고 열심히 수행하다 보면

보이지 않는 에너지가 내 안에 가득 차 오르게 됩니다.

그래서 생활 선이 최고의 정신력을

만들어준다고 하는 것입니다.

여러분도 생활 선 체험을 지금 당장에라도 할 수 있습니다.

우리 모두의 잠재의식 속에 부처님 마음이 숨어 있기 때문에

자기 존재의 실체를 정확하게 보는 힘이 나옵니다.

마음의 방향을 바로잡는 생활 선이라는 나침반만 쥐어주면

갈팡질팡하는 마음이 고요해지고, 환히 밝아지는 것입니다.

그는 불확실한 미래와 환상을 쫓아가는 이 사바세계가
무상無常하다는 것을 철저히 관찰할 수 있게 되고,
극락세계와 지옥세계를 구분할 줄 아는 능력자가 됩니다.

수행자는 현명하고 지혜로워 평소 해결사 역할에 능합니다.
자기 안에 깃든 힘을 쓸 수 있는 능력을 갖게 됨으로써
불안하고 두려운 일이나 생각들을
모두 평화로운 기운으로 바꿀 수 있으니
이 얼마나 멋진 일입니까!

생각의 시간을 거꾸로 돌리는 법

생활 선은 여러분의 옳다 그르다, 좋다 싫다는
생각의 시간을 완전히 거꾸로 돌려놓습니다.
색안경을 벗어놓고 대함으로써 새로운 정신을 쓰게 합니다.
생활 선은 최첨단 과학적 기술보다 더 정밀하고 독보적인,
우주에 충만한 에너지를 자기화하는 우주과학입니다.
생활 선을 통해서 지혜를 계발하고
자기 안의 본성을 끌어내고 우주 에너지를 접목시켜
활용하면 삶을 통째로 업그레이드할 수 있습니다.

생활 선을 하면, 우뇌가 최고도로 발달해서 집중력이 생깁니다.
창의력이 마음에 도반으로 자리 잡게 되고
말할 수 없는 자신감이 생깁니다.
자신감은 긍정에너지로 작용합니다.
매사 긍정적으로 바라보기 때문에
긍정적인 일들이 들어옵니다.
늘 마음이 우호적이고, 타인에 대한 보호본능이 일어나므로

상대적으로 우호적으로 보호받는 일들이 있게 됩니다.

남을 보호하면 내가 보호 받게 되는 것이 세상의 이치입니다.

마음에 평화와 지극한 행복이 찾아오고

긍정에너지가 퍼져 주위사람에게도 평화가 찾아옵니다.

가장 행복한 공부가 생활 선인 것입니다.

정말 행복한 삶, 초능력적인 삶을 살아가고 싶으신가요?

나고 죽는 괴로움에 휘둘리지 않고 모든 두려움에서 벗어나

당당하게 삶의 주인공으로 살아가고 싶으십니까?

생활 선에 그 길이 있습니다.

각박한 현실, 변화무쌍해서 불안한 사회일수록

생활 선을 해야 합니다.

삶을 업그레이드시키고

행복의 길로 인도하는

가장 확실한 길이 생활 선입니다.

내 몸과 마음도 완전한 내 것이 아니다

생활 선에서는 내가 지친 상태를 어떻게 쉬고, 가고, 하는지
답을 말하는데 쉬고, 가고, 하는 것도 다 본인이 하는 것입니다.
단, 어떻게 가고 어떻게 쉬어야 하는 것을 알려주는 것이
생활 선입니다. 마음을 다스리는 것입니다.
생활 속에서 욕심을 다스리는 것입니다.
욕심껏 마음에 가득 싣고 달리기 때문에
열심히 달려가다가도 고장이 나 버리는 것입니다.
고장 난 자동차를 고쳐서 다시 달릴 수 있도록 하는 것이
마음 선, 감정 선, 생활 선입니다.

자동차도 쉬지 않고 계속 달리다 보면
대형사고로 이어질 수 있습니다.
사람의 몸과 마음도 이와 같습니다.
우리의 몸은 잠시 차를 대여하는 렌트카와도 같습니다.
언젠가는 다시 돌려주어야 합니다.
내가 잠시 빌린 렌트카를 아무렇게나 타고 돌려준다면

원래의 찻값을 보상해야 하는 것처럼
우리 스스로를 마구 타고 다녀서는 안 될 일입니다.
내 몸과 마음도 완전한 내 것이 아니라는 것을
직관하셔야 합니다.

이 몸이 곧 소우주입니다.
이 몸이 곧 대웅전입니다.
이 몸이 부처입니다.

생활 선을 통해 내 안에 있는 에너지를 풀어낸다면
내 안에서 또 하나의 참된 나를 발견하는
대 자유여행이 시작될 것입니다.
또한 그 속에서 본성을 확 느끼는 나를 발견할 것입니다.
영원한 자유가 보장된 안식처를 내 발로 내가 찾아가야 합니다.

건강 선禪

생활 선은 건강 선禪이기도 합니다.

100세 시대, 아니 요즘엔 130세 시대라고 합니다.

생명이 연장되는 고령화 시대일수록 건강 선을 해야 합니다.

병고에 시달리며 장수하는 것은 축복이 아니라 불행입니다.

9988, 99세까지 팔팔하게 무병장수하고 싶으시죠?

건강 선을 해 보세요. 100세가 넘어도 당당하게 활보하며

생활할 수 있는 자신감을 얻을 수 있을 겁니다.

건강 선의 준비운동이 있습니다.

먹는 데 느림보가 되어야 한다는 것입니다.

야채는 다섯 가지 이상 곁들이고

천천히 씹어서 아주 천천히 먹어야 합니다.

현대인들은 잘못된 생활습관이 많기 때문에

먹는 것과 운동으로 몸 건강을 먼저 다진 후에

건강 선으로 마음과 몸을 다스려야 합니다.

건강 선禪을 하기 위해서는 올바른 지도자를 찾아
제대로 공부하는 법을 익혀야 합니다.
건강 선을 하면
맨 먼저 머리가 맑아지는 것을 느끼게 됩니다.
선을 통해 막혔던 기가 잘 순환되어
건강하고 완벽한 세포가 만들어지게 됩니다.
기혈이 확 뚫려 머리가 맑아지고
호르몬 분비가 원활해지므로 면역기능도 좋아지고,
나도 모르게 행복감에 젖어듭니다.

건강 선은 살아 움직이는 육체를 잘 관리해서
건강도 챙기고 마음도 챙기는
한층 업그레이드 된 생활 선입니다.

신체 포기 각서 쓰기 전에 나를 보는 작업을 하라

정신 건강은 물론이고 신체 건강에도 매우 효과적인 것이
바로 나를 보는 작업, 생활 선입니다.
내 마음의 주인인 내가 나를 정확하게 관찰하면
몸과 마음이 정말 눈에 띄게 건강해집니다.
멀리서도 카메라 렌즈의 초점을 잘 맞추면
아주 선명하게 잘 찍히듯,
우리가 스스로의 마음을 카메라 렌즈처럼
객관적으로 선명하게 관찰하면
상황에 대한 판단능력과 대처능력이 탁월해집니다.
일이 술술 풀리니 스트레스가 사라지고,
스트레스가 사라지니
몸과 마음의 건강이 따라오기 마련입니다.
나를 보는 작업이 왜 생활 선인지 아시겠습니까?

업무능력의 향상으로 인해 스트레스가 해소될 수도 있지만
자기를 보는 작업, 자기를 제대로 잘 관찰하는 사람은

마음근육이 강해져서 스트레스에 영향을 덜 받기도 하고,

스스로 스트레스를 해소할 줄 아는 능력을 갖추게 됩니다.

스트레스는 만병의 근원입니다.

스트레스를 받으면 긴장되어 몸이 경직됩니다.

스트레스를 받아 신경을 곤두세우고 생활하다 보면

몸이 이를 쫓아가지 못하고 온몸의 근육이 흥분상태가 됩니다.

결국 과부하가 되어 자동적으로 쉰다는 것이

마비로 나타나지요.

스트레스를 도저히 몸이 쫓아가지 못하듯

마음 또한 흥분되고 긴장합니다.

몸이 건강해야 마음이 건강하고

마음이 건강해야 몸이 건강한 것은 당연지사.

마음에 따라서 몸뚱이도 굳어가고,

포기 각서를 쓰듯 신체에 병으로 나타납니다.

이렇듯 신체 포기 각서 쓰기 전에 나를 보는 작업을 하세요.

나를 보면서 몸도 쉬어주고 마음도 쉬어주면서

긴장을 풀고 스트레스에서 벗어나야

더 큰 일을 성취할 수 있습니다.

생활 선으로 자기를 바라볼 수 있어야

몸과 마음의 고통이 없어집니다.

진정한 나를 찾으면 남에게도 그 에너지를

무한대로 나누어 줄 수 있습니다.

다른 사람들의 고통을 치유해 줄 수 있는

대자대비 관세음보살의 능력이 쏟아져 나올 수 있습니다.

다른 사람을 생각하는 따뜻한 마음,

타인에 대한 배려가 저절로 흘러나옵니다.

자기를 바로 보는 작업으로 만들어진 대자대비의 능력,

그 따뜻한 에너지를 공유하는 것이 생활 선의 목적입니다.

마음속 관찰카메라로 촬영하라

우리는 숨을 쉬며 지금 이 순간에도 살아가고 있습니다.
생각해 보면 매 순간 순간,
즐거움보다는 고통이 더 많이 따라옵니다.
그냥 의미 없이 하루하루 살아가는 것이 아니라
삶속에서 고통과 즐거움을 알아차리려
노력하는 것이 생활 선입니다.

특히 말할 때 그 말을 잘 살펴야 합니다.
당신은 평소 어떤 말을 잘 쓰고 있는지 살펴보십시오.
우리들은 가까운 사이일수록
말로써 상대에게 상처를 많이 입히곤 합니다.

습관적으로 상대에게 말로써 자꾸 상처를 입히다 보면
어느 날 많은 노여움이 쏟아져 나오고
서로간에 부정적인 기운이 감돌게 됩니다.
평소 미리 주의해서

이런 부정적인 기운을 만들지 말아야겠지만,

만일 만들어졌다면 긍정적인 기운으로 바꿔야 합니다.

어떻게 바꾸면 될까요?

지금 바로 이 순간, 말을 한 그 순간으로 되돌아가세요.

그리고 본인이 한 말을 돌이켜 보고 알아차리세요.

그렇게 알아차리기만 해도

상대방은 물론이고 나도 감정이 바뀝니다.

우리의 감정들은 끊임없이 사라짐과 일어남을 반복합니다.

늘 긍정적인 기운과 부정적인 기운을

동시에 가지고 살아갑니다.

부정과 긍정은 둘이 아니라는 것을 알아야 합니다.

참된 마음으로 바라보게 되면

그 자리가 본래 공空의 자리입니다.

현상세계에서 내가 내 마음으로

긍정과 부정을 분리하여 둘로 보기 때문에

Yes와 No가 분별심으로 나타나

본래 둘이 아닌 것을 둘로 착각하게 된 것입니다.

생활 선을 실천하면서 고요히 마음을 쉬고 마음을 들여다보면

'아~그렇구나, 좋고 싫은 것이 둘이 아니고 곧 하나였구나.'

하는 깨달음을 얻을 수 있을 것입니다.

이것이 바로 생활 선입니다.

먼저 자기 자신을 관찰하는 마음을 연습하세요.
탐내고 성내고 어리석은 탐진치 삼독심에
빠지려 하고 휘둘리려 할 때
스스로 마음속 관찰카메라로 바로 찍어서 거듭 살피세요.
남의 불행이나 고통을 불쌍히 여기는 마음,
모든 생명체를 마음의 무대에 올려놓고
무한히 축복하고 함께 기뻐하는 마음,
그 사람의 입장을 살피고 평등한 마음으로 보호해 주는 마음,
따뜻하고 자비로운 마음을 갖는 것 또한 생활 선입니다.

이렇게 생활 선을 일상화하면 무슨 일이든 잘 풀립니다.
설혹 잘 풀리지 않더라도
괴로워하지 않고 여여하게 받아들입니다.
언제 어느 곳에 있더라도
당당하게 자신만만한 삶을 살아갑니다.
모든 생명체를 연민으로, 보호하는 마음으로 대하면
대자연이 도리어 그 사람을 보호해 줍니다.
그러므로 생활 선을 실천하는 사람은 모든 일이 순조롭습니다.
생각하는 대로, 마음 먹은 대로 이루어지게 됩니다.

내면이 고요해야 사물이 바로 보인다

지금 화를 불같이 내고 계신가요?

분노가 치성하게 일어나고 있나요?

왜 화가 나고 분노가 일어나는지 아시는가요?

누군가가 화와 분노를 일으켰다고요?

일단 마음을 고요히 가라앉히고 살펴보세요.

화와 분노의 원인을 곰곰이 바라다 보세요.

여전히 화가 일어나던가요?

분노로 잠을 못 이루겠던가요?

아마도 그렇지 않을 겁니다.

화와 분노가 온데간데없이 사라졌을 것입니다.

왜냐하면 화라는 놈은 들키는 순간 사라지기 때문입니다.

고요 속에는 어떠한 분노도 일어나지 않기 때문입니다.

만일 여전히 화와 분노로 마음이 흔들린다면

고요해지지 않은 거예요.

고요한 마음은 내 안에 있는 분노, 노여움, 화를

근본적으로 변화시킵니다.

그 고요함 속에서 내면의 자유를 얻어 내야 하는 것입니다.

내면 속의 내면이 정말 고요하고 맑다는 것을 느껴보세요.

그럴 때 자기 자신도 모르게 저절로 입가에 미소가 지어지고…

몸도 가벼워지고 마음도 가벼워져서

마치 하늘을 날고 싶을 거예요.

이렇게 내면의 고요를 느끼게 될 때까지,

화와 분노가 완전히 사라질 때까지

참고 견디고 기다리면서 마음공부를 해 내야 합니다.

아무리 애써도 화와 분노에 흔들려 고요해지지 않고

마음공부가 잘 안 된다면 용맹정진으로 힘을 얻어 보세요.

반드시 고요해져서 마음공부에 몰입할 수 있게 될 겁니다.

선의 빛으로 번뇌가 사라지는 이치

천년 동안 어둠 속에 있던 동굴도 불을 켜면 환해집니다.
생활 선은 내가 활동하는 생활무대를
빛으로 비추어주는 전깃불조명과 같습니다.
생활 선은 모든 번뇌와 집착, 욕망과 고통에서 벗어나는
인생의 출구를 비춰주는 지혜의 등불입니다.
선의 빛으로 잘 살피면
번뇌덩어리가 모두 빠져나가게 됩니다.

이 세상은 순간순간 계속 변하고 있습니다.
새로운 지식이 물밀듯 쏟아져 나오는 이 시대에
배움을 소홀히 한다면 낙오되기 쉽습니다.
이 세상에서 살아남기 위해서라도
반드시 선의 빛으로 나를 비추는 수행을 해야 합니다.
선의 궁극적인 목적은 아니지만,
무슨 일이든 소득이 있어야 움직이는 게 인지상정…
생활 선은 바라는 것을 다 이룰 수 있는 길이기도 합니다.

신지식인일수록 더 진실하게 해야 한다

몇 년 전부터 신지식인이라는 말이 인구에 회자되었습니다.
전문적인 지식과 기술, 기존의 틀에서 벗어난
혁신적인 생각의 힘으로 새로운 것을 창출하는
신지식인의 출현이 반갑습니다.

하지만 그 또한 물이 고이면 썩듯이
자신의 지식과 기술·생각이
올가미가 되고 굴레가 될 수도 있습니다.
신지식인일수록 더 진실하게 해야 하는 것,
본성 자리에 들어가는 것을 권하고 싶습니다.

깊은 마음공부로 본성자리에 들어가면
지식과 기술은 물론이고 생각의 힘을 넘어설 수 있습니다.
모든 장애와 굴레에서 벗어나는 길,
영원한 행복과 안락과 평화의 길이기도 합니다.

모든 생명체를 연민으로, 보호하는 마음으로 대하면
대자연이 도리어 그 사람을 보호해 줍니다.

트렌드를 리딩하고 리드하라

『리딩으로 리드하라』는 책이 베스트셀러가 된 적이 있습니다.
그때 미소가 절로 나왔습니다.
나도 모르게 '생활 선, 마음공부로 리드하라'는 말이
떠올랐기 때문입니다.
예전에도 마찬가지였지만,
오늘날 같은 지식기반사회에는 독서가 아주 중요합니다.
하지만 독서를 제대로 하기 위해서는,
단순한 지식이 아닌 삶의 지혜를 얻기 위해서는
생활 선을 해야 합니다.
생활 선은 자기 안의 자기를 보고,
맑은 영혼의 에너지를 끌어내 무한 능력을 발휘하게 합니다.
생활 선은 마법 같은 힘이 있습니다.
미래를 통찰하는 눈을 갖게 되고
트렌드를 리딩하고 리드하게 됩니다.

삶을 리드하면서 살고 싶으십니까?
노예처럼 조종당하며 살고 싶으십니까?
자신의 삶을 리드하면서 미래를 열기 위해서는
수행을 통해 보이지 않는 힘을 모아야 합니다.
어떠한 힘으로 수행하느냐에 따라 가능성이 달라집니다.

미래를 짊어질 꿈이 있는 젊은이들일수록
더욱 수행해야 합니다.
생활 선으로 이 시대의 트렌드를
리딩하고 리드하는 삶이 되시길 빕니다.

양심의 삶 방광의 삶

생활 선 가운데서도 중요한 것이
본성을 끌어내어 양심대로 살아야 한다는 것입니다.
양심대로 산다는 것은 무엇이겠습니까?
우리가 살아가고 있는 지구의 질서를 어지럽히는 것은
양심을 속이는 것입니다.

질서 있는 길에 양심이 따라가는데
무질서한 생활 습관은 상대를 어지럽히는 것이고
본인 스스로는 갈피를 못 잡는 것입니다.
이러한 잘못된 생활 습관을 정확히 보고
근본적으로 변화시키는 것이 생활 선입니다.

관찰하고 또 관찰해야 합니다.
아니 통찰해야 합니다.
통찰은 예리한 관찰력으로
모든 사물을 환하게 꿰뚫어 보는 것입니다.

모든 이치를 꿰뚫는 통찰력이 번뜩일 때,

그 인생은 '방광'하는 삶이 될 것입니다.

누구나 고민하는 문제를 깊이 깊이 통찰함으로써

어설프지 않은 삶, 만족한 삶, 흐뭇한 삶이 이어질 것입니다

이렇듯 생활 속에서의 선이 깊어지게 되면

통찰에서 나아가 밝은 예지의 능력을 발휘하게 되므로

모든 것이 다 원만하게 이루어집니다.

이것이 바로 생활 선의 구현입니다.

길 안내만 해 줄 뿐…

금강경에 "과거심 불가득 현재심 불가득 미래심 불가득",
과거의 마음도 얻을 수 없고 현재의 마음도 얻을 수 없고
미래의 마음도 얻을 수 없다고 하였습니다.
경전에서는 현재도 얻을 수 없다고 하였지만
우리는 현대를 살아가고 있는 생활인들이기 때문에
현재심에 초점을 맞추어야 합니다.
그것이 바로 생활 선입니다.

현재심에 초점을 맞춘 생활 선이 무엇인지 궁금하시죠?
이 마음이 바로 부처라는 것을 아는 도리입니다.
자기 마음이 부처임을 알고 살아가라는 것이 생활 선입니다.
그러나 다생겁 동안 익혀온 업을 쉬지 못해
자기가 본래 부처임을 못 느낍니다.
그래서 이 공부를 하지 않는 이들이 태반입니다.

물론 불교가 대중들에게 어렵게 느껴지고,

불교 수행법은 더더욱 어렵게 느껴지거나

황당무계하고 신비한 것으로 느껴지는 게 사실입니다.

특히 화두를 참구하는 간화선은 대중들과는

10만 8천 리 떨어진 것처럼 느껴질 것입니다.

먼저 수행법 중에 자기에게 맞는 것을 찾으십시오.

염불·기도·주력·사경·간경·참선 등등에서

스스로 좋아해서 오래 할 수 있는 것을 선택하십시오.

여러 가지 다양한 수행법의 기본은

내가 나를 바로 보는 것입니다.

이것이야말로 가장 쉬우면서도 가장 수승한 수행법입니다.

부처님 말씀 중에 핵심적인 것이 삼법인三法印입니다.

제행무상, 모든 현상과 모든 존재는 무상하여

고정되어 있지 않고 시시각각 변화된다는 것,

제법무아, 모든 존재는 고정불변, 영원불변의 실체가 없다는 것,

일체개고, 모든 것은 근본적 괴로움을 갖고 있다는 것입니다.

삼법인에 열반적정을 더 추가하여 사법인이라 합니다.

열반적정은 욕망과 번뇌 망상이 소멸되어 평온한 경지,

궁극적인 행복을 뜻합니다.

사법인은 연기법으로 더 분명하게 설명됩니다.

연기법에 대해 간략히 말씀드리겠습니다.

세상 만물은 고정불변의 존재가 아니라

"이것이 있으므로 저것이 있고,

저것이 있으므로 이것이 있다"는 상의상관적 존재임을,

세상 만물의 인과 관계, 인연 관계를 합리적으로 설명하는

불교적 세계관·존재관이 연기법입니다.

그런데 이 연기법을 잘 보면

일심법, 마음의 법칙이 보입니다.

마음공부는 곧 일심법을 보는 것입니다.

자기가 자기 마음을 돌아보는 것이

바로 마음공부요, 생활 선이니,

이 얼마나 쉬운 공부입니까?

그런데 정작 자기 눈동자에 비친 것은 본인이 못 보듯이

자기 마음을 보는 게 말처럼 쉽지는 않습니다.

하지만 마음공부도 연습하면 됩니다.

안 풀리던 수학 문제도 공부하고 연습하면 어느 순간 풀리듯이

환히 열려 자기 내면의 참 나를 발견하고

아! 하고 감탄사가 나오는 날이 있습니다.

그날의 그 환희심은 말로 표현할 수 없을 것입니다.

문제는 여러분이 직접 마음공부를 하고

맛봐야 한다는 것입니다

길에 대한 안내는 해 줄 수 있어도

직접 가고 안 가고는 여러분 몫입니다.

길을 알면서도 이 핑계 저 핑계를 대면서

잘못된 습관을 바꾸지 않고 마음공부를 하지 않는 사람은

진실로 바꾸어야 할 필요성을 모르기 때문에,

아직은 때가 아니기 때문에 못 바꾸는 것입니다.

하지만 지금이라도 망설이지 마세요.

내가 변해야 세상이 변합니다.

부처와 동행하기

행주좌와行住坐臥 어묵동정語默動靜이 부처입니다.

다니고 머물고 앉고 눕고,

말하고 침묵하고 움직이고 고요한

이 모든 것이 부처입니다.

우리는 항상 부처와 동행하고 있습니다.

아니 우리가 본래 부처입니다.

그럼에도 불구하고 먹구름과 같은 무명에 가려

중생놀음을 하고 있는 것입니다.

부처와 중생의 차이는 실로는 한끝 차이인데,

그것이 어마어마한 차이처럼 보이는 게 사실입니다.

본래 우리 안에 부처 자리가 있습니다.

중생이 바로 부처입니다.

나를 따라 똑같이 움직이는 그림자처럼

나를 따라다니는 또 다른 내가 내 안에 있습니다.

생활 선은 본래 부처인데 중생놀음을 하고 있는

이 몸, 이 마음을 관찰하는 것입니다.

말은 자신이 하고
자기가 속아서 울고 웃고 하는데
말에 속지 않아야 합니다.
생활 선을 하면 말에 속지 않고
내가 나에게 당하지 않을 수 있습니다.
중생놀음을 관찰하는 순간 중생이 사라집니다.
중생이 나의 주인공이 아니라
부처가 나의 주인공임을 알게 됩니다.

아무리 눈을 크게 뜨고 바깥을 찾아다니더라도
부처는 찾을 수 없습니다.
내 안에 존재하기 때문입니다.
내 눈의 나를 내가 보지 못하듯이
너무나 가까워서 보지 못했을 뿐입니다.
바깥으로 겉도는 숨바꼭질은 더 이상 그만두고
내 안의 나, 참 나로 돌아오세요.
주인공은 나입니다.
나의 참된 마음속에 부처가 숨어 있습니다.

마음도 보약을 먹어야 한다

사람은 휴식이 필요합니다.
기계도 휴식이 필요한데 사람이야 오죽하겠습니까.
충분히 피로를 풀어주어야 좋은 에너지가 나와서
더 많은 일을 할 수 있습니다.

하던 일을 잠시 쉬고 휴식을 취할 때
생활 선처럼 좋은 게 없습니다.
지루하고 힘겨운 일상생활 속에서
잠시 눈을 감고 온 몸의 긴장을 풀고 잠시 휴식을 취하십시오.
휴식도 생활 선입니다.

기운이 떨어지면 보약을 먹어 원기를 회복하듯
마음에도 보약이 필요합니다.
마음의 보약 생활 선으로
피곤한 마음과 몸에 활력을 넣어주세요.
피로를 풀어주는 휴식

스트레스를 풀어주는 휴식

잠시 동안 눈을 감고

참선 여행을 떠나보세요.

내 안에 숨어 있는 참된 나를 찾아보세요.

마음의 보약 같은 휴식을 취해

활기를 되찾고

다시 본연의 삶으로 돌아간다면

이전보다 하는 일이 훨씬 잘 될 것입니다.

꼭 마음의 보약을 드세요.

마침내 승리의 깃발을 꽂다

선禪 수행은 우리가 현생을 살아가면서 꼭 해야 할 일입니다. 삶의 현장에서 고군분투하고 있는 생활인들에게 더욱 필요한 게 선 수행입니다. 사람들은 선 수행이라 하면 앉아서 정진하는 좌선坐禪만을 떠올리는데, 그렇지 않습니다. 어떻게 하느냐에 따라 생활 자체가 다 선이라 할 수 있습니다. 움직임과 동시에 스스로의 마음을 관찰하는 것이 선입니다. 마음을 관찰하는 것은 언제 어디서나 할 수 있습니다.

의자에 주로 앉아서 업무를 보는 회사원들은 의자에 앉아서 선 수행을 하고, 병고로 지체가 부자유해서 침대에 누워 있는 환자는 와선臥禪(누워서 정진하는 선)을 하면 됩니다. 하루 종일 뛰어다녀야 하는 택배 기사나 배달원들은 행선行禪(걸어다니며 정진하는 선)을 하면 됩니다.

"고요하고 조용한 곳에서 공부할 때는 마음공부가 잘 되는데 왜 시끄러운 곳과 움직일 때는 마음공부가 잘 되지 않나요?"라고 묻는 분들이 많습니다.

그래서 생활 선이 필요한 것입니다. 생활 선은 삶의 전쟁터에서 승리의 깃발을 꽂을 수 있는 가장 훌륭한 무기가 되어줄 것입니다. 사실 삶의 전쟁터에서 공부가 잘 되어야 사바세계에 일렁이는 드센 바람들을 잠재울 수 있습니다.

우리가 고요하고 조용한 곳에서만 공부가 잘 된다고 생각하면 그는 마치 온실 속의 화초와 같은 수행을 한 것입니다. 온실 밖에 내 놓으면 바람 한 번 스쳐 지나가면 뿌리째 뽑혀나가는 잘못된 수행을 한 것이나 다름없습니다.

수행은 반드시 생활 속에서, 고통과 함께 이루어져야 합니다. 자신의 생활과 함께 하는 수행을 했을 때, 진정한 자신을 돌이켜 보게 됩니다.

선 수행을 통해 본인이 스스로 꺼지지 않는 정신의 등불을 밝힘으로써 어둠속에서도 빛나는 훌륭한 리더가 될 수 있습니다.

여러분의 창고 안에
여러분이 찾고자 하는 그 모든 것들이 존재합니다.

생활 선은 삶의 전쟁터에서 승리의 깃발을 꽂을 수 있는
가장 훌륭한 무기가 되어줄 것입니다.

야화

작사 보현

나는 피어난 한 송이 야생화

이름도 없고 향기도 없네

희지도 않고 검지도 않게

너른 뜰 가득 피어 있네

처처에 피어 있건만 손에 잡을 수 없네

늘 내 곁에 함께 있지만 내 눈에 보이지 않네

가까이 멀리도 아닌 그곳에

맑은 미소 지으리라

4장

하루 7분 수행으로
내 안의
다이아몬드 찾기

힌트도 선지식이다

여러분의 선지식은 누구입니까?

어느 절 어느 스님입니까?

어느 선방 어느 선객입니까?

어느 성당 어느 신부님입니까?

어느 교회 어느 목사님입니까?

일체 법이 다 선지식으로 보여야

이 공부의 첫 단추를 제대로 끼운 셈입니다.

선지식은 특정한 사람일 수도 있고 아닐 수도 있습니다.

사람과 사람 사이에서, 사람들과의 관계에서

선지식을 찾아낼 수 있다면 당신은 생활 선의 고수입니다.

삶에서 만날 수 있는 모든 힌트가 다 선지식입니다.

어떤 것을 보고 '아' 하는 힌트를 얻었다면

그것이 선지식입니다.

여기서부터 눈을 떠야 풀어나갈 수 있습니다.

내 안에 선지식을 두고서 헤매는 분들이 많은데
마음의 눈을 뜨는 순간 선지식을 찾게 되고
그 선지식이 나를 이끌어주고 철저히 보호해 줍니다.

이 선지식을 찾기 위해서는
철저한 의심을 품어야 하고
큰 분심憤心을 일으켜야 합니다.
'다른 사람들도 선지식을 찾았는데
왜 나는 여태까지 찾지 못했는가' 하면서
크게 분한 마음을 일으키고
애쓰면 반드시 찾을 수 있습니다.

모든 힌트가 깨달음으로 이끄는 선지식입니다.
일체 처 일체 법이 화두요, 선지식입니다.
선지식 또한 내 마음의 작용입니다.

날마다 거울 앞의 나를 보듯…

아침에 일어나면 기지개를 켜고 세면대에 가서 세수를 하고 샤워를 합니다. 날마다 아침마다 세수하고 거울에 얼굴을 비춰 봅니다. 날마다 거울 앞의 자기를 보듯 언제 어느 때나 자세하고 면밀하게 자기 마음을 바라보는 것이 수행입니다.

우리는 생활 속에서 어떤 상황에 직면해서 욱하거나 무언가가 속에서 끓어오를 때가 있습니다. 그 화난 자기 마음을 보는 순간 '아~' 하고 상대를 봐주어야 합니다. 이해하고, 알아차리고, 넘기면서 '아~ 참길 참 잘했구나' 하며 스스로를 다독여 줍니다. 그때 그 순간 알아차리는 것도 일종의 깨달음입니다.

자기 마음을 알아차리고 행동하면 우선 본인이 행복해 집니다. 평온해 집니다. 또한 상대방 역시 이해하는 마음을 보았기에 마음을 고쳐먹고 서로의 관계가 호전되기 쉽습니다. 이렇게 순간, 순간을 알아차리며 살아가면 항상 평화로울 수 있습니다.

날마다 거울 앞의 자기를 보듯
몸과 마음을 놓치지 말고 알아차리는 수행,
나와 남을 행복하고 평화롭게 해 줍니다.

집안에 어떤 에너지가 감돌고 있는가?

집안마다 가풍이 있고 분위기가 있습니다. 어릴 적에 우리 집안 분위기에 불만이 많았기 때문에 저는 특히 신도들에게 집안 분위기를 강조합니다. 물론 무겁고 고달픈 짐이 어떤 사람에게는 삶의 원동력이 될 수도 있습니다.

저 역시 무거운 집안 분위기로 인해 어릴 때부터 내면으로 침잠하여 깊이 사유하게 되었습니다. 삶에 대해 남다른 고뇌와 번민을 했습니다. 물론 똑같은 상황 속에 놓여 있던 내 동생들의 삶은 나와 다릅니다. 자기가 가지고 태어난 성격에 따라 집안 분위기의 영향을 덜 받고 더 받는 차이가 분명히 있습니다. 지금 우리의 삶은 현재의 영향만 받는 것이 아니라 과거 전생까지 이어져 있기 때문입니다.

여러분은 어떤 에너지氣가 가정에 머무르기를 원하십니까?

어둡고 불화하고 냉랭한 에너지가 머물게 하고 싶으십니까?

밝고 자유롭고 활기차고 평화롭고 따뜻한 에너지가 머물게 하고 싶으십니까? 밝은 에너지가 가정에 머물러 있어야 건강한 삶을 가족 전체가 유지할 수 있습니다.

가족 간에 하루 7분만이라도 선 수행을 실천해 보세요. 수행을 하면서 마음을 다스리게 됨으로써 가족 간에 갈등이 없어집니다. 각기 갖고 있을 두려움과 불만이 없어져 편안해 집니다. 가정이 편안하고 화목해야 밖에서 하는 모든 일들에 분쟁이 없고 하고자 하는 일들이 모두 잘 풀리게 됩니다.

가족 모두가 선 수행을 하면 늘 긍정적인 에너지에 젖어들게 됩니다. 선 수행으로 마음을 다스리면 아주 많은 것이 변합니다. 선 수행으로 맑은 정신이 되면 판단력과 사고력이 올바르게 변합니다. 무슨 일을 하든 잘 될 수 있는 기반이 형성된 것입니다. 그 집안의 뿌리와 뼈대가 공고히 다져진 질서 있는 집안, 그러면서도 밝고 행복한 가정을 이루게 됩니다.

가족이 모두 선 수행을 하면 확실한 정신 건강의 틀을 잡아두고 생활하기 때문에 뿌리와 뼈가 늘 영양이 풍부하여 긍정적인 에너지氣가 집안에 머무르게 됩니다. 행복한 가정을 꾸려가는 데 수행이 큰 역할을 한다는 것은 여러 가정에서 증명되었으니 여러분은 그저 수행하시면 됩니다.

내 안의 소음과 잡음 잡아내기

　요즘 세상을 총성 없는 전쟁터라고 합니다. 사람들은 삶의 전쟁터에서 분초를 다투고 신경을 곤두세우며 살아가고 있습니다. 초조하고 긴장된 삶의 연속으로 만성피로, 신경과민과 위장병환자들이 아주 많이 늘어나고 있습니다.

　선 수행은 삶이라는 전쟁터에서 잘 살아갈 수 있는 길을 열어 줍니다. 자세를 취하고 조용히 앉아만 있어도 마음이 편안해 집니다. 처음에는 들숨·날숨 호흡을 세는 수식관을 하는 것도 좋습니다. 수식관이 몸에 배면 차차 높은 단계의 선 수행으로 나아갑니다. 선지식에게 화두를 받아서 참구하는 간화선은 가장 수승한 선 수행이라 할 수 있습니다.

　우리들은 특히 도시인들일수록 사람들을 자극하는 오색찬란한 네온사인과 높은 데시벨의 굉음 등 현란한 색깔과 소리들 속에 물들어 있습니다. 수행은 내 안에 있는 소음과 잡음을 잡아내 줍니다. 수행은 우리 마음속에 대자연을, 우주를 품게 해 줍니다. 대 자연은 사람들에게 평온함을 안겨 줍니다. 푸른 바다를 바라보기만 해도, 푸른 숲에 깃들기만 해도 마음이 편안해지는 경험을 했을 것입니다. 꽃과 나무와 풀들은 웃음을 자아내게 하고 잔잔한 즐거움을 줍니다.

수행은 우리들로 하여금 대 자연과 하나 되게 합니다. 고요하고 평온하게 해 줄 뿐만 아니라 무슨 일이든 잘할 수 있는 능력을 배양시켜 주기도 합니다.

직장에서 일 욕심이 많은 분, 성취욕이 많은 분, 업무로 인해 긴장이 연속되고 압력을 받는 분, 쉴 틈 없이 바쁘게 움직이는 분일수록 선 수행에 시간을 투자해야 합니다.

정신, 마음, 생각 모든 것을 내려놓고 쉬고 또 쉬면서 선 수행을 해 보십시오.

쉬는 것만으로도 에너지가 충전될 것입니다. 선 수행을 하면 그보다 훨씬 더 큰 효과를 볼 수 있습니다. 밝은 에너지가 충전되어 몸은 날아갈 듯 상쾌하고 마음은 홀가분한 대 자유를 누리게 될 것입니다.

마음의 메이크업

내 마음 속에서 내 정신이 웃는 모습이 선 수행입니다.
웃는 얼굴을 만드는 것,
육체와 정신의 힘을 기르는 것이 선 수행입니다.
하루에 단 7분이라도 수행하는 습관을 만들어야
모든 나쁜 습관들이 없어지게 됩니다.

스스로 나를 수많은 고통 속에 구속시켜 버렸다면
진정한 참 나를 찾아 고통의 굴레에서 벗어나
아름다운 구속을 시키는 것이 선 수행입니다.

오감을 바르게 쓰는 것이 정신 교정, 마음 교정입니다.
오감을 정확하게 보게 되면
살아 있는 정신이 움직이는 것을 볼 수 있습니다.
이때 비로소 본성이 교정된 것입니다.

본성의 물꼬가 터지면 모든 세상이 보입니다.

문리가 터진 것입니다.

정신세계가 제대로 눈을 뜨는 것입니다.

이렇게 과거 · 현재 · 미래의 우주관이

훤히 보이게 되는 것이 선 수행입니다.

삶을 아름답게 해 주는 마음의 메이크업 선 수행!

함께하면 참 좋겠네요.

내 안의 다이아몬드 찾기

여러분의 마음 창고 안에 여러분이 찾고자 하는
그 모든 것들이 있습니다.
여러분이 쥐고 있는 열쇠로 직접 열어야 찾을 수 있습니다.

내 마음의 다이아몬드를 찾는 방법 잘 알고 계시죠?
선 수행을 할 수 있는 법당 역시 여러분 마음속에 있습니다.
마음에 법당을 차려 그 자리에 앉으십시오.
바깥에는 그 어느 곳에도 없습니다.
그 누구도 열어주지 않습니다.

여러분의 법당에서 여러분의 다이아몬드를 꼭 찾으세요.
여러분의 참 나 속에 다이아몬드가 꼭꼭 숨어 있습니다.
그 다이아몬드는 불에도 타지 않고, 깨지지도 않고
영원에서 영원으로 이어지며 빛나는 보배 중의 보배랍니다.

기뻐해 주는 마음도 수행의 과정이요, 결실이다

기뻐해 주는 마음도 수행의 과정이요, 결실입니다
자기가 잘 되어 기쁜 것이 아닌
남이 잘 된 것을 보고 기뻐하는
수희공덕隨喜功德의 마음가짐이 쉬운 듯하나 쉽지만은 않습니다.

남이 잘 되고 못 됨을 함께 할 수 있는 것은
그만큼 수행이 되어 있음을 의미합니다.
그만큼 나를 내려놓았다는 뜻입니다.

"사촌이 논을 사면 배가 아프다"는 속담도 있듯이
친한 사람일수록 끊임없이 비교하며 보이지 않는 경쟁 심리와
시기와 질투심이 일어나기 마련입니다.

속과 겉이 다르게 겉은 웃고 있지만
속에서는 장이 꼬여 뒤집힐 정도로
시기하는 분노의 불길이 타오르는 이도 있습니다.

시기와 질투는 남의 마음을 도둑질하는 것과 같습니다.
시기와 질투심은 사기그릇을
내가 내 손으로 깨뜨려버리는 것입니다.
이것을 버리는 작업이 수행입니다.

수행을 통해서 수희공덕의 원願을 세우십시오.
"그대가 기쁘니 내가 기쁘다.
그대가 행복하니 나 또한 행복하다."
남의 기쁨을 함께하는 것,
참 좋은 수행의 과정이자 결실입니다.

한 템포 늦출 수도 있어야 한다

공부가 잘 안 된 상태에서 용맹 정진을 하려 하면
자칫 병마가 찾아올 수 있습니다.
용맹 정진은 수행이 무르익어서 화두가 잘 들리고
아주 간절할 때 대 용맹심을 발휘하게 되는 것입니다.

밤잠을 뒤로 한 채 공부하는 것도 용맹입니다.
정말 공부의 마음이 간절할 때,
내 스스로 열정이 타올라 졸음도 오지 않고
번뇌 망상도 없고 아주 성성해서 또렷또렷하며
더 간절하고 간절해질 때, 수행의 힘을 받게 됩니다.

되지도 않는 공부를 억지고 붙잡고 앉아서
용맹 정진하겠다고 설쳐대면
근기가 약한 사람은
몹시 고통스러워 중도 포기할 수도 있습니다.
이때는 조급하게 생각하지 마시고

조금씩 쉬엄쉬엄 쉬면서 다잡아 나가세요.

더 당당하고 간절해질 때까지
본인의 능력 개발에 집중하시면
불끈하는 대 용맹심이 찾아오게 됩니다.
공부가 잘 안 되고 힘들 때엔 너무 몰아세우지 말고
한 템포 늦춰 가시길 바랍니다.

복밭 만들기

오늘 우리의 행위는 내일의 운명이 됩니다.
미래가 궁금하십니까?
오늘 당신의 행위를 보면 압니다.
당신의 행위는 미래의 예시이기도 합니다.

흔히 "사주팔자 땜 못한다"고 하는데,
한날한시에 태어난 사람도 다릅니다.
사주팔자가 같은데 다르게 사는 것은
비록 과거 전생에 쌓아놓은 업은 비슷하다 해도
지금 현생에 어떻게 행했느냐에 따라
운명이 달라지는 것입니다.

오늘의 행위가 내일의 운명이 되듯
행위는 곧 그 사람 삶의 씨앗,
업(Karma)의 씨앗입니다.
마음의 밭에 품질 좋은 업의 씨앗을 잘 심어 놓아야 합니다.

내가 심어 내가 거두는 것이기 때문입니다.

훗날 품질 좋은 최상품으로 거듭나려면

반드시 수행을 해야 합니다.

기도 · 정진 · 수행은

열매가 익어가는 과정입니다.

수행 습관도 학습이고 공부입니다.

행위가 내일의 이력서가 되고 성적표가 됩니다.

사람을 볼 때도 현재 그 사람의 겉모습이 아닌

행위를 봐야 합니다.

그것이 그 사람의 미래까지 제대로 보는 것입니다.

콩 심은 데 콩 나고, 팥 심은 데 팥 나듯이

내가 갈아놓은 내 마음 밭에다

복의 씨앗, 수행의 씨앗, 정진의 씨앗을

심어놓고 늘 가꾸시기 바랍니다.

큰 의지를 가지고 행복이라는 밭을

가꾸어 나가시길 바랍니다.

수행은 콩나물에 물 주듯이 하라

처음 수행하는 불자님들은 수행을 참 힘들어 합니다.
그러나 부처님을 한 번 뵙고
이것이 무엇인가?
화두를 들고 수험생이 공부하듯
조금씩 해 나가다 보면 마음이 훌쩍 커지게 됩니다.

콩나물 기르는 법을 생각해 보세요.
밑빠진 시루에 콩나물을 기릅니다.
콩나물 시루에 한 바가지 물을 떠주면
주르륵 물이 그냥 다 빠져 나가버리는 듯하지만
어느새 콩나물들은 쑥 자라 있습니다.

이처럼 자꾸자꾸 수행 정진하다 보면
그 힘이 계속 자라납니다.
처음 정진할 때는 마음의 힘이 잘 모아지지 않고
공부가 안 되는 것 같지만

노력하다 보면 나도 모르는 사이에
정진의 힘에 탄력을 받게 됩니다.

중요한 것은 콩나물에 물을 계속 주듯
수행도 쉬지 않고
꾸준히 해 나가야 한다는 것입니다.

까만 콩 시루 수행

까만 콩으로 콩나물을 기를 때 살펴보면
흰콩에 비해 처음에는 쉽게 껍질이
벗겨지지 않고 싹이 잘 트지 않습니다.
단순하게 비교하는 것은 어폐가 있지만,
업장이 두텁고 많으면 부처님의 좋은 말씀이
감응이 잘 되질 않는 것에 비유해 봅니다.

까만 콩으로 싹을 틔우기 위해서는
구멍이 뺑뺑 뚫린 시루에 콩을 골고루 잘 부은 다음
시커먼 보자기로 덮어두고 꽤 오래 기다린 다음에야
비로소 싹들이 쏙쏙 자라서 나옵니다.

까만 콩알들 사이로 싹이 고개를 들고 나오듯
시커먼 탐내고 성내고 어리석은 삼독심을
뚫고 나오는 것이 수행입니다.
수행도 처음에는 까만 콩이 싹을 틔우기 힘들 듯

삼독에 가려져 공부가 잘 안 됩니다.
때가 되어 콩 껍질이 홀딱 벗겨지는 것처럼,
그동안 콩 껍질에 싸여 있던 자신의 번뇌와 업장의 덩어리들이
벗겨져 나간다고 생각하며 수행하면 효과가 더 빠릅니다.

시커멓고 검은 보자기에 덮여 있던 까만 콩처럼
내 업장이 홀딱 벗겨져 날아간다면 얼마나 후련하겠습니까?
얼마나 홀가분하겠습니까?

까만 콩 껍질이 벗겨지고 콩나물이 자라나는 것을 보세요.
껍데기는 까맸지만 속은 흰콩과 같습니다.
우리 안에 본래 간직한 불성, 부처님의 씨앗은
까만 콩과 흰콩의 속처럼 똑같습니다.
지금까지 지어온 업에 따라
구름이 각양각색의 빛깔과 모양을 보이는 것처럼
달라 보이지만 본모습은 똑같다는 것,
우리 모두 수행하면 마침내 부처가 될 수 있다는
법문을 자연도 설하고 있습니다.
업장 많은 내가 수행해서 언제 도를 닦을까 망상을 피우지만
어느새 마음이 자라나서 도의 참맛을 볼 수 있다는 말입니다.

하루 7분 수행

하루에 잠시라도 마음을 집중하여 수행해 보세요.
그날그날 해야 할 일을 미리 알아차릴 수 있어
업무에 실질적으로 큰 도움이 됩니다.

오늘 내가 갖고 있는 좋지 않은 생각은 버리고,
좋은 생각과 긍정적인 에너지를
점진적으로 조금씩 조금씩 모을 수 있도록
좋은 마음을 가지는 것에 집중해 보세요.

하루 7분을 통해 많은 생각들을 정리하게 됩니다.
이것이 마음 집중 7분 수행입니다.
생활 속의 수행은 무슨 일을 하더라도
늘 안정된 상태에서 시작하기 때문에
허상, 즉 쓸데없는 헛된 일이 사라지게 됩니다.

생활 속에서 헛말과 헛된 행동을 하게

되면 헛일이 자신에게 들어옵니다.

농담이라도 헛된 말은 하지 않는 게 좋습니다.

또한 현실성 없이 미덥지 못한 습관을 고치는 것이
대단히 중요합니다.

하루 7분 수행은 여러분의 인생에 날개가 되어줄 것입니다.

무슨 일을 하든 보람 있는 일로 만들어주고,

어떤 일이든 만족감과 자부심을 갖게 해 줄 것입니다.

마음 꾸미기

수행은 마음의 정원 가꾸기입니다.
마음의 정원에서 행복과 세계평화의 꽃을 피워보세요.
수행은 내 생각의 균형을 반듯하게 바로 잡는 것입니다.
생각의 균형을 잡기 위해서는 마음속의 저울이 되어
정신 자세를 바르게 잡아나가야 합니다.

그 어떤 흔들림에 기울거나 치우치지 않고
중심을 마음자리 본바탕에 두고
균형과 조화를 잘 유지하면서 수행하십시오.

이때 평등심이 보입니다.
그 어떤 대상에도 차별을 두지 않게 되고
한결같고 자비스러운 마음이 생겨납니다.
이렇게 되면 제대로 된 마음의 집을
가꾸는 데 성공한 것입니다.

이처럼

마음의 분별심이 사라지면

기적과 같은 일이 찾아옵니다.

어제의 수행에서 기적이 올 수 있어야만

오늘의 진정한 기적이 됩니다.

어리석음이 떠난 기적,

때 묻지 않은 기적이어야

무너지지 않는 아름다운 마음 동산을

가꿀 수 있습니다.

사랑에도 관찰 수행이 필요하다

출가 후 오랫 동안 부처님 마을에서 장애아들과 함께 했었습니다. 지체가 부자유한 아이들을 기르면서 보람스럽고 행복했습니다. 내가 아이들에게 해 준 것보다는 아이들을 기르면서 배우고 깨달은 것이 많습니다. 아이들에게 참 고마웠습니다. 아이들에게 성교육을 시키면서도 내가 더 많이 배운 것 같습니다.

아이들은 어릴 때부터 사랑에 대해 하나둘씩 눈을 뜨게 됩니다. 청소년기에 주체할 수 없을 정도로 올라오는 성 충동 때문에 괴로워하는 아이들도 있었습니다.

저는 아이들에게 "사랑을 할 때도, 관찰 수행을 해야 한다"고 말해 주었습니다. 충동적으로 발작적으로 억제할 수 없는 어떤 욕구가 일어나는 것은 아주 자연스럽고 건강한 일이라고 하면서 먼저 그 상태를 잘 관찰하고 받아들이라고 했습니다. 사실 갑작스럽게 일어나는 성욕에 대해서도 철저히 생각과 느낌을 놓치지 않고 잘 살펴야 합니다.

우리는 늘 느닷없이 일어나는 충동에 직면하면 자기 자신도 모르게 깜짝 놀라서 '이게 뭐지?'라고 하면서 부끄러워합니다. 분명 이것이 자기 본마음·본모습은 아니지만 그렇다고 부끄러워할 일도 아닙니다. 이러한 상황에 직면해서 자기 스스로 자기 생각을 조절할 수 있는 것이 바로 관찰 수행입니다.

사랑을 나눌 때도 올바른 생각을 할 때 성숙한 성에 눈을 뜨게 됩니다. 몸과 몸으로 느끼는 사랑보다 정신과 정신 또는 생각과 생각으로 본성 공부를 통해 대자대비의 사랑을 이끌어 주는 게 좋습니다. 관찰 수행의 힘이 밑받침이 될 때, 저절로 흐뭇한 수행이 되고 올바른 성에 대해 눈을 뜨게 됩니다.

이렇게 관찰 수행으로 마음을 크게 가꿀 수 있도록 이끌어 주니 아이들이 성교육을 받기 전보다 훨씬 성숙해지고 안정을 되찾았습니다.

자녀들에게 성교육을 어떻게 해야 하나 고민하신 적 있으시죠? 관찰 수행에 그 답이 있다는 것, 한번 실천해 보시면 체득하실 것입니다.

생각의 소화 불량

일반적인 경우에 체하거나 소화가 안 될 때
'음식물 탓이다, 음식물에 탈이 있다'고
생각할 수 있습니다.
그러나 생각에 탈이 일어난 것입니다.
생각이 소화되지 않아서 소화 불량을 일으킨 것입니다.

죽음이 두렵고 무서운 것이 아닙니다.
생각이 더 두렵고 무서운 것입니다.
자, 보십시오.
어제까지도 멀쩡하게 건강히 잘 살았습니다.
병에 걸리지 않았다고 생각했기 때문입니다.
헌데 건강검진을 받고 병에 걸렸다는
사실을 알고부터 상황이 완전히 달라집니다.
생각과 마음이 나를 흔들어 놓은 것입니다.

아주 친한 사람과 싸웠다고 생각해 봅시다.

싸우고 나서 그날 저녁에 잠을 이루지 못합니다.
싸움 자체가 고통스러운 것이 아니라
싸움이 일어나기 전과 후의 생각이 더 고통스럽습니다.
또한 보기 싫은 사람과 함께 음식을 먹으면
소화가 안 되는 것도 역시 생각에 걸려들어 간 것입니다.

이렇듯 몸보다 생각이 더 문제가 되는 경우는 아주 많습니다.
관찰 수행은 이러한 생각을 넘어서는 수행을 하는 것입니다.
훌륭한 지도자의 가르침을 받으면서 정진하면
얼마든지 생각의 소화 불량에 걸리지 않을 수 있습니다.

생각 안 두고
마음 안 두면
고통은 사라집니다.
마음 내려놓는 수행을 하면
생각을 넘어설 수 있습니다.

한 생각 바로 하면 아픔이 사라진다

흔히 가슴이 아프면 먼저 몸에 이상이 생겼다고 생각합니다.
병원에 가서 정밀 검사를 받아 봐도 별 이상이 없다고 하는데,
왜 이렇게 가슴이 답답하고 아플까요?
듣기 싫은 말을 들었을 때 어떠셨습니까?
가슴이 답답하게 아프지 않으셨습니까?

슬픈 일에 직면했을 때
가슴이 먹먹하고 찢어지는 아픔을 느끼셨을 것입니다.
듣기 싫은 것도, 슬픈 것도 마음의 소화가 되지 않은 것입니다.
마음의 소화 불량으로 아프고 답답해진 가슴,
내가 내 손으로 아파하면서 가슴을 칩니다.

가슴에 못 박은 것도 엄밀히 따지면 내가 박은 겁니다.
누가 박아준 것이 아니라
내가 박고 내가 아프다고 아우성인 것입니다.
가슴에다 큰 못, 작은 못, 새끼 못, 세상 못을

내 손으로 내가 박아두었으니
내 손으로 내가 빼야 하는 것입니다.

이 못을 빼는 작업을 하는 것이 바로 수행입니다.
이 몸과 마음에서 일어나는 모든 것들을 알아차리면서
가슴 속에 박아둔 큰 못, 작은 못을 살펴보면서
하나하나 빼내는 작업이 바로 관찰 수행입니다.

못을 빼내기만 해서는 안 되겠지요?
못을 빼낸 그 자리를 메워서 치유하는 것이
바로 생활 선입니다.
지금 이 순간 왜 내 가슴이 이렇게 아픈지를
알아차려야 합니다.

아공법공我空法空, 나도 공하고 법도 공하다 했습니다.
나를 가슴 아프게 하는 모든 대상이 다 부처요, 선지식입니다.
오히려 나를 아프게 하는 이들에게 감사하면서 수행할 때
내 안의 다이아몬드는 반짝반짝 빛을 발합니다.

자녀를 기를 때 유효한 관찰 수행

"내 자식이지만 정말 어쩜 저렇게 내 마음을 몰라주는지 모르겠어요. 어떨 때는 말을 너무 안 들어서 '무자식이 상팔자'라는 말까지 생각나요."

세상에서 가장 힘든 일이 자녀 교육인 것 같다는 부모들이 많습니다. 나도 부처님 마을에서 여러 명의 장애아들과 함께해서 그 심정을 잘 압니다. 부모 입장에서는 자식을 위해 힘들게 살아가고 있는데 자녀들은 내 뜻대로 움직여 주지도 않으니 속상하기 마련입니다.

자녀로 인해 속상해 하는 부모들을 만날 때마다 수행을 시킵니다. 자녀를 제대로 기르기 위해서는 부모가 먼저 수행력이 있어야 하기 때문입니다. 자기의 내면을 관찰할 줄 알면 자녀를 기를 때도 아주 유용합니다. 특히 자녀를 훈계할 때 큰 도움이 됩니다. 사랑하는 마음과 연민의 마음, 자애의 마음이 깔려 있지 않으면 작은 훈계에도 반발하기 십상입니다.

오히려 미움과 원망하는 마음만 더 쌓이게 되고 부모 자식 간에 도덕적 질서가 무너질 수도 있습니다. 반드시 혼을 낼 때 내더라도 호흡을 세 번 정도 후~ 후~ 후~ 하고 숨을 내쉬고 자기 자신을 관찰한 다음에 혼을 내세요.

지금 아이를 혼내는 것이 내 마음의 장난인가?
내 안의 화를 다스리지 못해 아이에게 분풀이하는 것인가?
진정 아이를 위한 것인가?

깊이 사유하고 관찰하면 답이 나옵니다.
진정 아이를 위해, 사랑과 연민의 마음으로 혼을 내면 반발하지 않고 가슴 깊이 받아들이고 삶의 자양으로 삼을 것입니다. 아이에게 마음과 마음이 통할 수 있도록 마음속으로 넌지시 사랑의 마음을 보내고, 연민의 마음을 보내면서 잘못 된 것을 일깨워주면 버릇을 고치고 치유가 되는 것입니다.
진정 자녀를 키울 때는 소중한 내 눈과 같이 키워야 합니다. 반드시 관찰 수행을 통해 평정심을 유지하고 자애명상의 상태에서 키울 수 있도록 애쓰십시오. 자녀에게 멋진 부모, 최고의 부모로 기억될 것입니다.

헛말을 하면 헛일이 들어온다

헛말을 하면 헛일이 들어옵니다.

마음의 법칙, 말의 법칙은 놀라울 정도로

인과응보가 뚜렷합니다.

단지 그 시간과 공간의 편차만 있을 뿐입니다.

거짓된 삶을 살면 거짓 인생의 과보를 받기 마련입니다.

헛된 말을 일삼는 사람, 입버릇처럼 계속

지껄여대는 사람이 있습니다.

입만 열면 습관처럼 거짓말을 하는 사람들도 많습니다.

헛말을 하면, 헛일이 들어오게 되므로

되는 일이 없는 것입니다.

거짓말을 하면 거짓말이 새끼를 쳐서 돌아옵니다.

"바늘도둑이 소도둑 된다"는 속담이 말에도 적용되는 것입니다.

작은 거짓말, 헛말이 습관으로 자리 잡게 되면

언젠가는 더 큰 사기 행위도 거침없이 하게 되므로

거짓말은 절대적으로 경계하여야 합니다.

수행은 켜켜이 쌓인 업을 정화시켜
본래의 나를 회복하는 길인데
헛말, 거짓말을 일삼아서야 언제 인과를 벗어날 수 있겠습니까.
헛말과 거짓으로 얼룩진 인생은
정해진 업에서 벗어날 수 없게 합니다.

마음공부를 하기 위해서는
먼저 거짓을 버리고 진실된 삶을 살아야 합니다.
또한 다른 사람을 분노케 하고 저주하는 말,
혹은 견디기 어려운 폭언도 절대 해서는 안 됩니다.
폭언을 하면 그보다 더 심하게 당합니다.
거짓의 불꽃을 꺼버려야만
수행할 수 있다는 것을 명심, 또 명심하십시오.

마음공부는 내 몸에 불을 붙이고 불 속으로
뛰어 들어가는 것처럼 치열하게 해야 합니다.
그리 하면 거짓번뇌의 불꽃은 반드시 꺼지고
행복의 불씨와 지혜의 불이 동시에 켜집니다.
홀가분하고 개운해집니다.
얼마나 홀가분하고 개운하고 행복한 일인지,
여러분도 마음공부를 하면 느낄 수 있습니다.

관찰 수행을 하면 헛말이 나오지 않는다

수행을 하면 헛말은 하지 않게 됩니다.
잔소리나 투정처럼 쓸데없는 말은 입 밖에 나오지 않습니다.
헛말은 먹을 수 없는 흙탕물을 퍼서
독에 부어두는 것과 같습니다.
헛말을 많이 하게 되면
우선 가까운 사람에게 인정받기 어렵습니다.
밥상 앞에 앉아서도
'밥이 맛이 있느니 없느니, 반찬이 왜 이러냐?' 하는
헛말을 늘어놓는 사람은 가족에게 인정받기 힘듭니다.
헛말은 가족 간의 화목을 사라지게 합니다.

헛말을 하지 않고
온 가족이 화목하게 살고 싶으시지요?
가족 개개인을 이해하고 포용하고 자비롭게
살 수 있는 방법이 궁금하지 않으십니까?

수행을 하시기 바랍니다.

특히 관찰 수행을 하시면 아주 좋습니다.

관찰 수행을 하면 헛말이 나오지 않습니다.

관찰 수행은 하지 않아도 될 헛말을

필요 이상 하는 것을 관찰하는 수행입니다.

잔소리와 투정 등 헛말을 자주 하는 사람의 생활 에너지는

늘 번잡스러운 일들이 들어오기 때문에

쓸데없이 허송세월만 보내게 됩니다.

안으로 온갖 잡스러운 생각을

밖으로 밀어내고 묵묵히 하심하며

생활 속 무한한 잠재의식 속에서 참 마음을 찾아

거짓 없이 살아가는 참 수행을 하시기 바랍니다.

고통을 고통으로만 몰고 가지 말라

고통은 내 영혼을 성숙시켜 주는 뿌리입니다.

지금 내 앞에서 나를 괴롭히고 욕하는 사람이 부처입니다.

'왜 어째서 나를 괴롭히고 고통을 줄까?'

고통을 참아내면서 그 원인을 관찰합니다.

이것이 생활인들의 화두가 되어야 합니다.

화두를 들다 보면 '아' 번쩍 원인이 풀리는 순간이 옵니다.

이때 바로 마음과 생각을 바꾸는 연습이 필요합니다.

누구나 다 힘들고 어렵고 고통스럽게 살아가고 있습니다.

그러나 그 고통을 고통으로만 몰고 가서는 안 됩니다.

지혜롭게 살기 위해 수행이 필요하다는 말씀입니다.

괴로움은 싫다, 즐거움은 좋다는 분별심에서 벗어나

괴로움을 잘 관찰해 보면, 실로는 괴로움 또한

영원한 것이 아닌지라 금세 지나가리라는 것을 알게 됩니다.

괴로움 덩어리가 하나 둘씩 풀어지는 것을 느끼면서

자유자재, 행복한 삶의 활기를 되찾을 것입니다.

생각 속의 생각이 더 고통스럽다

간절한 사무침이 초발심입니다.
간절하게 사무치게 초발심의 열정으로
본래 자기 마음을 찾아가보세요.
보고 있는 그 녀석을 따라 들어가면
보는 그 녀석이 그곳에 있습니다.

내 마음으로 내 마음을 돌이켜 보는 것,
본인의 에너지, 본인의 본질, 본성을 보는 작업을
참선이라고도 하고 마음공부라 하기도 합니다.
마음공부는 생각의 길이 막힌 것을 뚫는 작업입니다.
우리들이 받는 8만 4천 가지의 고통이
모두 생각이 막혔기 때문에 일어나는 것입니다.

생각 속의 생각이 더 고통스러운 것입니다.
죽음이 두렵고 고통스러운 것이 아니라
그 죽음을 그 생각하게 하는 것이

더 고통스럽고 두려운 것입니다.
그 생각을 관찰하는 것이 마음공부입니다.

싫다는 '거부',
그로 인한 노여움 · 고통 · 두려움,
싫다는 것이 고통스럽고 두려운 것이 아니라
이 생각이 더 고통을 가져오고 두려움을 가져옵니다.

이것을 싹~ 버리려면
마음공부로 막힌 생각의 길을 뚫고
내 안의 편견을 버리세요.
'내가 맞다'라는 정답을 빼버리면
고통과 두려움이 한순간에 사라집니다.

함께 기뻐하고 공덕을 짓겠나이다

부처님을 따라 지혜와 자비를 실천하겠나이다

나그네

작사 보현 / 작곡 전수린

나는 가리로다 끝이 없이 이 발길 닿는 곳으로

산을 넘고 물을 건너서 정처 없이 가리라

아~괴로운 이 내 심사를 가슴 깊이 묻어두고

이 몸은 흘러 흘러서 가노니 잘 있거라

어디로 갈거나 어디에 있을까 이 한 몸 쉬어갈 곳

산을 넘고 물을 건너도 내 갈 곳이 어디멘지

아~ 허무한 저 나그네 바람 불면 바람에 자고

휘이휘이 흘러가는 나그네에

말없이 떠나갑니다.

5장

보현보살의
10대 행원
실천 선

세상 만물을 부처님처럼 보겠나이다

예경제불원禮敬諸佛願,

세상 만물을 부처님처럼 보고 예경겠습니다.

눈앞의 먼지까지도 부처님처럼 보고 예경하겠습니다.

보현보살의 열 가지 행원은 실천 선입니다. 움직임 속에서 고요를 찾는 것이고, 고요 속에서 움직임을 찾는 것입니다.

만물을 부처님처럼 보는 연습을 해야 마음공부가 잘 됩니다. 부처님에 대한 믿음을 내어 청정한 몸과 마음과 뜻을 다해 지극히 공경하는 자세가 보현보살의 열 가지 행원에 입각한 실천 선입니다.

움직임 속에 움직이지 않는 고요함 속에서 깊이 깊이 마음에서 마음으로 사유하고 실천하는 기법을 연습하고 또 연습시키는 것이 실천 선입니다.

과연 내가 생각한 것이 인간적·윤리적·도덕적 행위로 제대로 관조하고 있는가, 지금 행동해도 되는가, 이렇게 실천하기 전에 마음에서 마음으로 관조하고 행동하는 것이 실천 선입니다.

또한 의도적으로 의식에게 알아차리게 하는 것입니다. 그래서 마음먹은 대로 실천에 옮기는 과정이 바로 실천 선입니다.

여기에서 부처님은 맨 먼저 가족부처를 일컫는 것입니다. 가족 부처님께 공양한다는 뜻입니다.

친척들과 인연 있는 모든 존재를 부처님처럼 섬기는 것입니다. 이렇게 가슴에 새기고 또 새겨 꼭 실천 선을 하십시오.

부처님의 지혜를 실천하겠나이다

칭찬여래원稱讚如來願,

깊고 깊은 부처님의 지혜로

한량없는 아름다운 실천 행을 통해서

미래세계가 다하도록 찬탄하며

보현보살의 열 가지 행원을

생활 속에서 꼭 실천하여 이루겠습니다.

이렇게 마음 먹고 가슴에 새기며 실천 선에 들어오셔야 합니다. 모든 부처님을 우러러 찬탄한다는 뜻은 세상 사람들을 모두 부처님처럼 바라보라는 말씀입니다.

나와 인연된 사람들을 모두 부처님처럼 긍정적으로 바라보아야 내 영혼이 성숙되어지고 만족하고 충만하고 행복한 삶으로 발전하는 것입니다.

부처님 법을 닦고 널리 공양하겠나이다

광수공양원廣修供養願,

실천 선을 부지런히 갈고 닦겠습니다.

부처님 말씀대로 널리 문서공양을 게을리 하지 않겠습니다.

부처님 법을 모든 중생을 위해 널리 널리 전하겠습니다.

모든 대중을 관대한 마음으로 섭수하는 공양을

부지런히 닦겠습니다.

부처님 법과 가르침을 지극정성 공부하여

모든 중생에게 공양하겠습니다.

모든 중생을 자비심으로 보호하겠습니다.

모든 중생을 내 몸같이 살피고 섭수하겠습니다.

이렇게 사유하면서 실천하는 것이 실천 선입니다. 오로지 한 결같은 마음으로 갈고 닦아 시방의 부처님들께 배운 만큼 전하고 가진 만큼 공양하며 부처님 말씀대로 실천 수행하길 발원하며 실천 선을 행해야 합니다.

지금까지 지은 업을 참회하겠나이다

참회업장원懺悔業障願,

내게 있어 스쳐 지나간 끝없는 세월 속에서

탐내고 성내고 어리석음으로 지은 업장,

몸과 말과 생각으로 지은 모든 업장을 부처님 전에 참회합니다.

지금까지 지은 죄업 허공을 채우고도 또 채웠으니

이 자리에서 일념으로 참회하고 청정행을 닦고 닦아

부처님 말씀대로 살아갈 것을 발원합니다.

허공을 채운 삼독심을 텅 비워내는 실천 선을 하겠습니다.

　내가 살기 위하여 지나치게 탐욕스러운 마음을 가슴에 담고 살아왔던 지난날을 일심으로 뉘우칩니다. 섭섭하고 분한 감정을 마음속 깊이 사무쳐 살아온 것이 이제야 알아차림 수행으로 알게 됨을 뉘우칩니다. 그동안 너무 많은 망상과 뿌리박힌 잘못된 습관 때문에 선 수행에 마음 내지 못한 자성불에 깊이 참회하며 열심히 정진하는 것입니다.

함께 기뻐하고 공덕을 짓겠나이다

수희공덕원隨喜功德願,

부처님의 무량겁으로 닦으신 공덕을

중생들의 털끝만한 선근까지도 하나도 빠짐없이

모든 인연에게 함께 기뻐하고 착한 일을 할 것을 다짐합니다.

실천 선을 하기 위해선 생각 속에 쌓인 모든 번뇌 망상을 밖으로 내 보내는 연습 수행이 필요합니다. 그래야 세상과 함께 할 수 있는 대자대비의 빛이 당신을 비출 것입니다.

이 수행은 현실을 이겨내야 가능한 일입니다. 그래서 내 속에서 움직이는 8만 4천 번뇌 덩어리를 몰아내야 합니다. 번뇌 망상부터 청소가 되어야 모든 에너지가 그 자리를 차지하게 됩니다. 부지런히 닦아내고 청소하다 보면 어느새 맑고 맑은 물이 들어오기 시작합니다. 드디어 참된 마음이 맑고 밝은 빛을 타고 들어와 생사 해탈의 연꽃이 피어납니다.

바른 법을 굴리겠나이다

청전법륜원請轉法輪願,

부처님의 법문과 지혜의 선을 닦아

신심과 정성의 뜻을 뭇 중생에게 널리 전하여

그들도 법륜을 굴릴 수 있도록

바라밀행 선을 실천하겠나이다.

눈 밝은 지도자에게 제대로 된 불교사상을 배우는 것이 청전 법륜을 제대로 굴리는 것입니다. 청전 법륜을 굴리지 않는 곳은 맹신에 불과한 것입니다.

스스로 눈이 밝아질 수 있도록 최선을 다해 공부해야 합니다. 자기 자신을 등불로 삼고 법을 굴리는 스승이 있는 곳으로 찾아가 바른 법을 굴려야 합니다.

그래야 비로소 올바른 묘법륜이 굴러가기 시작합니다.

여러분 스스로가 법륜을 지니고 있습니다. 다만 어떻게 꺼내서 굴려야 하는 줄 모르기 때문에 법륜을 꺼내줄 스승을 찾아가

법을 물어야 합니다.

청정한 법륜은 여러분 마음속에 다 들어 있고 지금 이 순간에도 움직이고 쓰고 있습니다. 써야 할 곳에 제대로 쓰지 못하기 때문에 고통에서 벗어나지 못하고 같은 자리를 뱅글뱅글 맴도는 것입니다.

어서 청정 법륜을 굴릴 스승을 찾아 가십시오. 거룩하고 청정한 법륜을 찾고 싶거든 움직이고 말하는 이 몸을 잘 관찰하십시오. 바로 그 자리에서 법륜은 끊임없이 움직이고 있습니다.

법의 주인공임을 잊지 않겠나이다

청불주세원請佛住世願,

부처님께서 세상에 계시기를 청하옵니다.
제 스스로가 법의 주인공임을
잊지 않겠나이다.

본성을 볼 수 있는 지혜의 힘을 터득하기 위해 애쓰겠습니다.
우리가 본래 청정한 부처, 주인공임을 일깨워 주셔서 감사하는
수행입니다. 우리 인생의 빨간 신호등인 탐진치 삼독심에서 벗
어나기 위해 실천 선을 열심히 수행해야 하는 것입니다.

이렇게 발원하고 수행해야 대 화엄의 법과 본래 주인공의 삶
을 이야기 할 수 있습니다. 실천 수행 없이는 본래 주인공을 맞
이할 수가 없습니다. 태양이 사라지면 어두움뿐이듯 내 안의 부
처를 찾지 못하면 태양은 영원히 뜨지 않습니다. 부처님은 언제
어디서든 빛과 같은 존재입니다. 캄캄한 밤길을 빛 없이 걸어간

다는 것은 막막한 불행입니다.

빛과 같은 부처님의 은혜를 입고 본래 주인공을 찾았으면 스스로 부지런히 실천 수행하여 다른 사람을 구원하는 대자대비의 원력을 풀어내야 합니다. 본인이 선지식의 힘을 얻어 일체 중생에게 지혜의 빛을 비추어 주어야 합니다.

이처럼 허공계가 다하고, 중생계가 다하며, 중생의 업이 다하고, 중생의 번뇌가 다하여도 조금도 힘들어하거나 싫어함 없이 최선을 다해 실천 선을 수행해야 합니다.

제 스스로가 법의 주인공임을 잊지 않겠나이다.

부처님을 따라 지혜와 자비를 실천하겠나이다

상수불학원常隨佛學願,

항상 부처님을 따라 배우겠습니다.

마음에 상처 입은 중생을 위해

손을 잡아주고 치유해 주려는

진실하고 따뜻한 마음을 실천 수행하겠습니다.

본래 내 안에 가지고 있는 법을 찾아 쓰지 못하면

자기 자신뿐만 아니라 다른 사람을 이해하지 못하고

이해하지 못하면 행복해 질 수 없기 때문에

그것을 찾는 실천 선을 수행하겠습니다.

부처님을 본받아서 배우고 익히고 실천하는 수행을 강조한
내용입니다. 아무리 힘들고 괴로워도, 온갖 고통을 다 겪더라도
올바른 지혜를 갈고 닦아 본래 내 청정한 주인공 자리를 찾아서
고통스러워하는 중생들에게 고통 없이 살아가도록 전하는 실천
선을 수행해야 합니다.

항상 중생을 선지식으로 섬기겠나이다

항순중생원恒順衆生願,

일체 중생을 섬기기를 부처님과 같이하며

허공계가 다하도록 보리도의 법도를 따라주겠습니다.

대자대비의 힘을 말씀드린 것입니다. 여러분의 마음 따라 부
처님의 불을 밝혀줍니다. 여러분이 가지고 있는 근기에 따라 인
정해 주고 차근하게 법을 알려 주어 여러분을 모셔오는 것이 언
제나 중생을 따르는 항순중생원입니다.

왜냐하면 중생이 없다면 여래 또한 없기 때문입니다. 부처님
은 중생 때문에 존재하는 것입니다. 중생이 없다면 부처님 또한
존재하지 않는 것입니다. 따라서 근본에 있어서는 부처와 중생
은 하나입니다. 중생은 누구나 부처님의 씨앗입니다. 살아 움직
이는 생명들은 모두 다 불성을 가지고 있는 아주 존귀하고 위대
한 존재입니다. 살아 움직이는 모든 것들, 날아다니는 먼지조차
도 선지식으로 보아야 제대로 공부하는 것입니다.

모든 것을 중생과 함께 하겠나이다

보개회향원普皆回向願,

모든 것을 다 널리 회향하겠습니다.

나와 남이 동시에 부처님 되는 법을

행복하게 배워서 실천하겠습니다.

생활 속에서 올바른 지혜를 굴리며

깨달음에 이를 때까지 실천 선을 수행하겠습니다.

내가 몸 바쳐 노력한 정신적·육체적인 모든 것을 사회로 환원하여 대중과 함께하는 삶을 발원하는 것입니다. 모든 공덕을 시방법계에 회향하는 마음 선입니다. 불교에는 사무량심(네 가지 한없이 고귀한 마음: 慈悲喜捨)이 있습니다. 따뜻한 즐거움을 중생에게 주는 자무량심, 중생의 괴로움을 없애주는 비무량심, 중생에게 기쁨을 주는 희무량심, 중생을 평등하게 생각하여 누군가를 특별히 사랑하고 미워하는 마음을 버리는 사무량심, 이러한 네 가지 고귀한 실천 선을 수행하면 무량한 복덕을 받는다고 하셨습니다. 궁극에는 깨달음을 이루어 불생불멸의 삶이 될 것입니다.

사회로부터 얻은 공덕을 홀로 갖지 않고 일체 중생과 나누고 공유하겠다는 정신이 보살 정신입니다. 이 일을 통해 나와 남이 다 성불하겠다고 원을 세운 것이 보개회향원입니다.

이것이 곧 실천 선입니다. 만약 마음공부를 아무리 많이 했더라도 자기밖에 모르는 수행자라면 삿된 도에 빠진 것입니다. 회향을 하지 않는 사람은 바른 수행자가 아닙니다. 바르냐 바르지 않느냐, 정법이냐 불법이냐의 차이는 자기만을 위하냐 중생을 위한 회향을 하느냐에 달려 있습니다.

자기 인생만 운전하는 사람은 이기적인 삶을 살아가게 되므로 늘 정신의 허기에서 벗어나지 못합니다. 늘 나와 남이 함께 성불하기를 발원하고 실천 수행해서 자기도 충만하고 남도 충만해져야 합니다. 상구보리 하화중생의 삶이 되어야 온전해지는 것입니다. 보현보살의 열 가지 대원 중에 마지막이 회향인 것도 그러한 까닭에서입니다.

보현보살의 열 가지 대원을 세워 함께하는 삶, 삶 속에 살아 있는 부처가 되십시오. 이것이 바로 실천 선입니다.

이제까지는 늘 허기와 욕심을 채우기 위한 기도만 하였을 뿐
스스로를 돌아보는 기도는 처음이었습니다.

삶에서 가장 빛나는 일은 지금 이 순간을
행복하게 살아가는 것입니다.

부록

행복 충전소
부처님마을

안 되는 것이 잘 되고 있는 것이다

수 년 전, 나이를 먹어가면서 나는 인생이 전혀 기쁘지 않다는 것을 알았다. 아침에 눈을 뜨면 온갖 걱정 근심거리가 찾아오니 머리가 지끈지끈 아프고, 몸은 천근만근 무겁고 마음은 항상 불안하기만 했다. 하루, 이틀, 일주일… 한 달, 두 달… 치유를 위해 이런 저런 일 만들어 보았지만 불안과 괴로움은 더욱 심해졌다.

그러던 어느 날, 부처님 마을에서 한 다발의 소포꾸러미가 집으로 배달되었다. 합장 후 포장을 풀고 보니 보현 스님이 직접 쓰신 '삼일수심천재보三日修心千載寶요, 백년탐물일조진百年貪物一朝塵'이라는 붓글씨로 만든 족자였다. "삼 일 닦은 마음, 천 년 가는 보배요, 백 년 탐한 재물, 하루아침의 티끌이로다" 하는 내용을 음미하면서 거실에 장식처럼 걸어두었다.

그런데 이때부터였다. 매일 아침 눈을 뜨면 걱정 근심보다 더 먼저 '三日修心千載寶, 百年貪物一朝塵'이 눈에 들어오는 것이었다. 三日修心… 三日修心… 三日修心…이 내게 있어 화두가 되어 버렸다.

이때부터 나는 발심하여 불교대학에 입학하고 사시예불에 참

석하며 '마음 닦는 방법'을 찾기 시작하였다. 삼법인, 사성제, 팔
정도, 십이연기, 육바라밀 등을 공부하였고 천수경, 열반경, 지
장경, 금강경 등의 여러 경전을 접하면서 불교의 위대성을 알게
되고 무상정등정각無上正等正覺을 이루신 부처님의 한량없는 공덕
을 우러르게 되었으며 부처님 법을 등불로 삼게 되었다.

보현 스님께서 불법佛法 홍포를 위해 부천으로 오셨다는 소식
을 접하고 토요 법회에 참석한 나는 또 다른 발심을 하였다. 매
주 토요일은 부처님 마을 법회에 참석하고 공부하겠다는 발심
을 한 것이다.

참회정진기도는 나의 마음을 사로잡았고 이 기도가 나의 묵
은 때를 벗기고 씻어내어 줄 것만 같았다. 그렇게 하여 나는 부
처님 마을의 일원이 되고 저 니르바나의 밝음을 향해 수행하는
불자가 되었다.

지금은, 모든 것에 감사하는 마음뿐이다. 만약 내게 걱정과
근심거리가 없었더라면, 온갖 망상에 휘둘리는 삶이 없었더라
면, 나락에 빠진 실패가 없었더라면, 지난날의 부끄러움이 없었
더라면 지금 이렇게 공부하고 수행하는 당당한 내 모습을 찾을
수 있었을까?

이게 바로 부처님이 말씀하신 '무상이구나.'

어느 날 법회시간에 스님께서 "안 되는 것이 잘 되고 있는 것
이다"라고 하셨다. 이 말씀을 다 같이 외치며 정진할 때 온 몸

에서 마치 전율 같은 것이 확 퍼져 왔다. 이때 무엇인가 번쩍 스쳐 지나갔다.

'아~ 이게 부처님의 진정한 가피구나!!!'

마음속으로 이렇게 외치면서 지금도 화두를 챙기고 있다. 내 생이 끝나는 날까지 이 마음공부를 해내고야 말겠다는 마음, 스님 말씀대로 참회 정진할 것을 부처님과 마음으로 약속하면서 살아가고 있다.

내게 정신의 자양을 길러주신 보현 스님의 가르침이 없었더라면 나는 지금도 이 산 저 산 법 사냥하러 다니며 어디에서 헤매고 있을까?

고개 숙여 절하옵니다.

삼일수심천재보三日修心千載寶요, 백년탐물일조진百年貪物一朝塵이라.

나무마하반야바라밀.

지운 합장

용서란 고장난 의자를 고쳐서 다시 쓰는 것이다

몇 년 전에 남편과 산에 갔다가 내려오는 길목에 절이 있어서 들어갔습니다. 스님께서 금강경 법문을 하고 계셨는데, "부처님 말씀을 뗏목처럼 여겨야 한다"는 말씀이 귓전을 울렸습니다. '이상하다. 그 좋은 말씀을 왜?' 하는 의문이 생겼습니다. 지금도 금강경을 읽을 때마다 이 부분이 나오면 웃음이 나옵니다. 제가 '얼마나 어리석고 무지한지~', 저를 되돌아보는 계기가 되었기 때문입니다. 저는 이 말씀을 이해하기까지 많은 시간이 걸렸습니다. 금강경이 좋다는 말을 듣고 그냥 읽고 또 읽고 했습니다. 지금 생각하니 이것이 부처님과의 첫 만남이 아닌가 합니다.

그 무렵 둘째아이가 대학에 연이어 낙방하고 삼수까지 하다 보니 마음이 답답해서 부처님을 의지하는 마음이 더 절실해졌나 봅니다. 이 절 저 절 열심히 찾아다녔지만 마음은 항상 허전했고 '이건 아닌데'라는 생각만 들었습니다. 그러다가 아는 도반의 소개로 부처님 마을에 오게 되었습니다. 처음엔 아무 생각 없이 앉아서 스님 법문을 듣는데 뭔가 망치로 한 대 얻어맞은 기분이랄까, 정신이 번쩍 드는 법문이었습니다.

"용서란 고장이 난 의자를 고쳐서 다시 쓰는 것"이라고 하시는 스님의 말씀을 들으면서 전율이 왔습니다. 감동 그 자체였습니다. 살아가면서 누구나 차마 남에게 말하지 못할 사연을 가슴에 하나 둘쯤은 묻어두고 살 것입니다.

저 역시 친정 엄마에 대한 미움으로 가득 차 있는 마음을 스님의 지도를 통해 수행하면서 보았습니다. 머리로는 '오늘은 화내지 말아야지, 잘해 드려야지' 하면서도 막상 친정엄마를 만나면 짜증내고 화를 냈습니다. 돌아오는 길엔 또 후회의 반복이었습니다.

지금은요? 제가 생각해도 정말 달라졌습니다. 요즘은 친정엄마와 편안한 마음으로 말동무도 해 주고 같이 맛있는 것도 먹으면서 놀다가 옵니다. 그럴 때마다 저를 변할 수 있도록 이끌어주신 보현 스님께 마음 깊이 감사드립니다.

또 감사한 게 있어요. "이 절 저 절 된장 간장 맛보듯 다니지 마세요. 내가 공부가 안 되었기 때문에 좀 괜찮은 곳이 없나 찾는 것입니다. 이게 다 망상입니다. 하근기나 하는 짓들 그만 하고 '이 뭐꼬'나 하세요"라는 말씀도 생각납니다.

보현 스님은 저 자신을 돌아보게 하셨고, 내 안에 있는 불성을 보게 해 주셨습니다. 참선 수행은 정말 무한한 힘이 있는 것 같습니다. 짜증과 원망의 마음이 가라앉고, 부정의 마음이 긍정으로 바뀌고, 어두운 얼굴엔 미소가 가득하고, 무어라 표현할 수 없는 충만감에 가득 차게 됩니다. 뒤에 든든한 버팀목불보살님이 지켜주는 듯해서 더 좋습니다. 저는 공空을 텅 비워서 공이 아니라, 꽉 채워서 더 채울 수가 없어서 공이라고 말하고 싶습니다.

지금은 모든 것이 편안하고 행복합니다. 딸아이도 가피를 받아 다들 어렵다는 직장, 본인이 간절히 원하는 회사에 취업해서 아주 재미있게 잘 다니고 있습니다. 상사들과 회사동료들과도 잘 지내서인지 늘 화색이 돕니다.

저는 도반들에게 자신 있게 말하곤 합니다.

"부처님 가피는 반드시 있다……그러니 부처님 믿고 경전 공부하고 기도 수행하라."

부처님 법은 멀리 있지 않습니다. 이 몸 잘 닦아 내가 나를 구제하면 내가 부처입니다. 부처님 말씀 또한 생활 속에 있습니다. 내가 하는 바른 생활이 팔정도가 아닌가 합니다. 멀리서 부처님을 찾지 말고 지금 내 옆에 있는 부모 형제자매 자녀 도반을 부처로 보고, 그들과 잘 지내면 그 곳이 바로 불국토가 아닐까요?

저는 오늘도 부처님 마을 부처님 전에 두 손을 모아 기원합니다. '저 자신 잘 닦아서 주변에 밝은 빛, 좋은 에너지를 나누어 줄 수 있는 그런 사람이 되게 해 달라'고 합장 발원합니다.

유연심 합장

움직이는 너의 모습을 관찰하라

우연이란 없다.

인연은 결코 우연에서 오는 것이 아닌 것임을⋯.

부처님마을에 오기 몇 개 월 전에 나는 알 수 없는 꿈을 꾸었다.

그곳은 어디이며 그분은 누구일까?

낯선 사람이 나를 반겨주시다니⋯.

꿈속의 일이라서 알 수는 없었다. 훗날 부처님 마을에 와서 신중단에 절을 하고 신중님과 눈을 마주치니 꿈속의 그분이 여기에 계셨다.

'아~꿈속에서 본 분이 신장님이셨구나.'

부처님 마을에 와서 스님 법문을 들은 첫날, 보현 스님의 청초하고 단아하신 모습, 시원하고 맑은 눈동자엔 깊은 신심의 서릿발 같은 기운이 서려 있었고, 알 수 없는 향기와 여운이 남는 미묘한 매력이 한껏 뿜어져 주위에 발산되고 있었다.

힘차고 맑은 목소리로 천수경을 낭랑히 독경하는 소리를 들으며 스님의 내공이 주는 엄청난 에너지가 느껴졌다. 밝은 모습으로 법문을 하시는 스님의 자세에서는 자신감이 충만해 있어 스님의 한마디 말씀도 놓치지 않게 되었다. 가르침에 기대어 목마름의 허기, 허전한 갈증에 헤매던 나는 맑게 솟아오르는 샘물처럼 신선한 물줄기를 만난 것 같았다.

'음, 맞아! 바로 저분이야! 이제부터 스님에게 모든 가르침을 배우며 새롭게 태어나야겠다.'

순간적으로 일말의 망설임 없이 결심하게 되었다.

"일체 모든 것이 다 불사요, 법문이다."

"부처님 간 곳 알고 싶거든 말하고 움직이는 너의 모습을 잘 관찰하라."

"니 말 니가 다하고 있다. 니 말에 속지 마라."

"나는 아직도 이게 화두다. 이 뭐꼬!!!"

스님은 명상과 참선 수행을 통하여 갈고 닦은 지혜의 칼날을 머금은 법문을 서슴없이 빼어 무명의 마음에 일침을 주시었다.

그리하여 어느 날 어느 순간 내가 나를 만나볼 수 있게 되었다. 부정적인 사고를 지닌 온갖 마음속의 무거운 에너지가 날아가 긍정적인 가벼움으로 변하게 되었으며 마침내 마음은 허기진 정신이 아닌 편안하고 고요함으로 흔들리지 않게 안착이 되어 있음을 알 수가 있었다.

모든 것은 내 탓이다. 내 업이다. 내가 생각하며 내가 보며 내가 냄새 맡으며 내가 들으며 내가 맛보기 때문이다. 오로지 그 원인은 모든 것이 다 나로 인하여 시작되는 것임을 올바로 볼 수 있고 정확히 알게 되었다.

누구를 탓할 것인가?

누구를 욕할 것인가?

누구를 미워할 것인가?

그 화살을 향해 쏘는 자 바로 타인이 아닌 내가 나를 향하여 쏘고 있다.

인드라 합장

그들도 나와 똑같이 고통스러웠겠구나

"내려놓고 비워야 한다"는 스님의 말씀을 듣고서도 '무엇을 어떻게 내려놓아야 하는가?' 방법을 몰랐습니다. 내가 아는 지식과 상식을 모두 빼 버려야 한다고 하셨지만 이미 알고 있다는 생각, 이만큼 했다는 생각과 같은 보상심리 때문에 고통스러울 뿐이었습니다.

보현 스님과 인연이 되었을 때 외적 환경은 여러모로 소란스러웠습니다. 딸이 고3 수능 시험을 치른 직후였으며 남편과는 심한 갈등을 빚고 있었습니다. 스님께서는 모든 것을 내려놓는 기도로 참회정진기도를 제안하셨습니다.

이제까지는 늘 허기와 욕심을 채우기 위한 기도만 하였을 뿐 스스로를 돌아보는 기도는 처음이었습니다. 백일기도를 하면서 깊은 참회의 눈물을 쏟아냈습니다.

'아, 내가 잘못 되었구나.'

지금까지의 고통과 괴로움들은 모두 '나의 무지와 어리석음, 자기중심적인 행동, 인색함, 옹졸한 마음'에서 비롯되었음을 깨달았습니다.

또 스님 법문 중에 이런 말씀이 생각납니다.

"결혼 조건이 이혼 조건이다. 조건 없이 사랑한다면 조건 없는 사랑이 내 앞에 올 것이다."
"깊고 간절한 마음은 하늘과 땅에서 문이 열리게 한다. '이게 공든 탑이다', 그것이 바로 참된 에너지이다."
"습관적인 에너지가 본인을 끌고 가듯이 참된 에너지에 굴복할 줄 몰라 고통스러운 것이다."

위와 같은 스님의 법문이 나를 근본적으로 변하게 만들었습니다.
"깊고 간절한 마음은 닿지 못하는 곳이 없다. 그것이 바로 참된 에너지이다", "깊고 간절한 행동을 본인이 어떻게 했나? 늘 본인 문제로 고통과 괴로움을 만든 것이다" 등의 법문이 나를 변하게 만들었던 것입니다.
'지금껏 내 부정 에너지가 온 집안 식구들을 오염시켰겠구나' 하는 반성과 함께 에너지가 화두로 다가왔습니다. 내가 고통스러운 만큼 나와 마찬가지로 나와 가장 가까운 사람부터 이 에너지가 전염됐음을 어느 날 마음 깊이 뉘우치게 됐습니다.
드디어 '그들도 나와 똑같이 고통스러웠겠구나' 하는 것을 깨닫게 되었고, 저는 소름이 돋을 정도로 그들을 마음으로 안아

주기 시작했습니다. 가족의 고통을 이해하게 되자 마음이 열리기 시작했습니다. 이때부터 진정한 참회는 가정의 평화로 이어졌습니다.

이듬해 딸은 대학에 합격했고, 남편은 부처님께 귀의하며 수행에 동참했습니다. 장애물이라 여겼던 이 모든 것들이 내 안의 참된 나를 찾도록 하는 진정한 부처님의 가피임을 뒤늦게 깨닫고 부끄러움을 느끼는 한편 자유롭고 행복해졌습니다.

이후 온 가족들을 부처님께 인도하고 수행의 길로 들어섰습니다. 지금 삶에서 가장 빛나고 가장 가치 있는 일은 부처님의 마음으로 지금 이 순간을 살아가는 것입니다. 재가신도로서 늘 주변 인연에 감사하고, 부처님과 스님께 은혜를 갚는 마음으로 실천 행을 하고자 합니다.

"관찰하고 살펴라. 깨어 있어라. 이 뭐꼬!! 화두를 들어라."

스님의 힘찬 법음이 오늘도 부처님 마을에서는 계속되고 있습니다.

향설화 합장

나를 바라보고 성장시키는 연습

처음 부처님 마을과 인연이 된 것은 수능을 코앞에 두고 있던 2012년 가을 무렵이었습니다. 시기도 시기였지만, 신심이 부족해서 부처님 마을과 보현 스님에 관한 이야기를 어머니께 듣고 몇 번 구경하듯 다녀온 것이 전부였습니다.

대학 입시가 다가올수록 마음은 초조해졌고 수시에 하나둘씩 합격해 나가는 친구들을 보며 더욱 더 큰 불안감을 느꼈습니다. 그때 부처님 마을 보현 스님을 처음 본 순간 왠지 서늘한 바람 같은 감정이 확 생겼습니다.

스님께서는 스스로를 돌아보고 마음을 다스릴 수 있는 명상 수행을 제안하셨고, 스님 말씀에 따라 마음을 편안히 가지고 수능에 임했습니다. 덕분에 집중했던 과목들에서 좋은 결과를 얻었고, 스님은 이후 진학할 학교에 대한 조언도 많이 해 주셨습니다.

요즘 저희 집안은 가족이 모두 부처님 마을에서 생활 참선 공부에 열중하고 있습니다. 불교를 믿어온 집안이라는 것만 알았지 '나' 또한 불자라는 생각은 해 본 적이 없었습니다. 그러나 입시 때 느꼈던 편안함과 어머니, 아버지께서 좋은 방향으로 변화하시고 집안이 평화롭고 온화해지는 모습을 보면서 점차 신심이 생겨났습니다.

일방적으로 기대어 의지하는 기복신앙이 아니라 스스로를 믿고 진리로 이끄는, 학문에 가까운 가르침을 배운다는 점 또한 굉장히 매력적이었습니다. 이후 스님께 '사리자'라는 불명을 받게 되었고 이를 기점으로 신심이 더욱 깊어지게 되었습니다.

지금은 스님께서 매주 운영하고 계시는 명상수행에 참여하며 객관적으로 나를 바라보는 연습을 하고 있습니다. 그동안에는 눈뜨는 순간부터 남들만을 쳐다볼 뿐 나 스스로를 지켜보는 시간은 부족했습니다. 이러한 기회를 통해 스스로를 성장시키고 성실한 불자가 될 수 있는 밑거름을 마련한 것 같아서 뿌듯합니다.

사리자 합장

내가 바뀌니 주변 사람들이 바뀌다

저는 아이들을 잘 키우고 살림 잘하면 그것이 행복이라고 생각하며 살아 왔습니다. 아이가 성장해 중학생이 되고 사춘기에 접어들자 엄마 말 잘 듣고 착하고 순종적이었던 아들이 반항을 하기 시작하는데 걷잡을 수 없었습니다.

하루가 멀다 하고 담임선생님의 호출을 받기 일쑤였으며 그럴 때마다 저는 선생님께 머리를 조아리며 사과하기에 바빴습니다. 아이를 바로잡아야겠는데 어떻게 해야 될지 몰라서 허둥대는 제가 너무나도 나약하다는 것을 절감했습니다.

해결책을 찾고자 여기저기 기웃거리며 상담도 받아보고, 부모 교육도 받아보며 여러 방법을 찾던 중 부처님 공부를 제대로 해 보자는 도반의 권유로 부처님 마을에 가게 되었습니다.

처음에 와 보니 묵언하고 수행하는 너무나 조용한 분위기가 낯설었습니다. 스님은 제게 눈길도 한번 안 주시고, 어쩌다 한 말씀 하시면 저의 마음 깊은 곳을 콕콕 찔러 가슴에 박히는 말씀만 하셨습니다. 법당을 나설 때마다 '내가 다시는 이 절에 오나 봐라, 무슨 스님이 저래, 다정하게 대해 주시면 안 되나', 화를 내며 집으로 돌아오곤 했습니다.

그러나 집에 와서 곰곰이 생각해 보면 다 맞는 말씀이었습니다. '스님 말씀이 맞다. 맞아' 하면서 무릎을 쳤습니다. 그래서인지 모르겠지만 부처님 마을에 안 가면 안 될 것 같은 생각이 들어 다음날이면 또 나도 모르게 가방을 챙겨 절에 갈 준비를 하는 저를 보게 됩니다.

그렇게 잠실에서 부천에 있는 부처님 마을로 공부를 하러 다니게 되었습니다. 너무 멀다고 투정을 부리면 도반이 "유학 왔다고 생각해"라고 다독여주곤 했습니다. 도반의 말에 '그래, 지금 아니면 내가 언제 공부하겠다는 마음을 가지겠어'라고 반성하며 열심히 공부하고 있습니다.

오래 전부터 제 마음속 깊은 곳에 무엇인가 채워지지 않는 것 같은 허전함과 목마름이 있었는데 공부하고, 참선하고, 스님 법문을 들으면서 차츰차츰 마음이 안정되었습니다. 마치 좋은 보약을 먹은 것처럼 편안해졌고, 신기하게도 그토록 애를 태우던 아들 또한 안정을 찾아 학교생활에 잘 적응하게 되었습니다.

살다 보니 화도 잘 내고 미운 사람도 많았었는데, 스님의 지도를 받으며 수행하면서부터 많이 달라졌습니다. 지금은 화나는 마음도 알아차리게 되어 참을 줄도 알고, 미운 사람이 안쓰럽게 느껴지기도 하고, 상대방의 입장에서도 한 번씩 생각하게 됩니다.

이젠 스님께서 처음에 왜 그렇게 대하셨는지 그 깊은 뜻도 알게 되었습니다. 스님이 이끌어 주시는 대로 공부하다 보니 내가 바뀌고, 내가 바뀌니 주변 사람들이 바뀌더군요.

이렇게 부처님 법을 만나고 스님을 만나서 새로운 나로 거듭나면서 살아가고 있다는 것이 얼마나 다행스럽고 감사한지 모릅니다.

오늘도 나는 스님 말씀대로 "지적은 치료재다. 지적은 내일의 밝음이다. 지적은 성냥불과 같다"라는 일침 법문을 듣고 가슴한 구석에 박혀 있는 대못을 빼러 가기 위해 가방을 챙깁니다.

"앞으로 남은 시간 공부 안 하면 우리들만 손해"라는 스님 말씀을 가슴 깊이 새기고, 생활 속에 실천하기 위해 노력하며 살아갈 것을 다짐해 봅니다.

사띠 합장

남편 부처님을 잘 시봉해야겠다

절에 같이 다니는 도반이 어느 날 "부처님 마을에서 큰스님이 설법하시는데 못 가서 너무 아쉽다"고 하는 말에 귀가 번쩍 뜨였습니다. '아, 내가 가야겠다' 하는 생각에 약도를 물어 집에 돌아오자마자 바로 길을 나섰습니다. 우리 동네라서 찾기는 쉬웠지요. 향수 보살님이 정말 반갑게 맞이해 줘서 편한 마음으로 차 한잔 하고 돌아왔습니다.

그날 저녁 꿈에 낮에 찾았던 부처님 마을 법당에 여러 도반들과 앉아 있는 내 모습이 보였습니다. 그 다음날 다시 절에 가서 향수 보살님과 많은 이야기를 나누었는데, "내일 매주 참선하는 수요일이니 꼭 한번 참여해 보라"는 보살님의 말씀에 알았다고 대답했습니다. 법당을 나서는 발걸음이 왠지 날아갈 것같이 가벼웠습니다. ~룰루랄라~

다음날 수요일 오후 점심을 챙겨먹고 집을 나서서 부처님 마을을 향했습니다. 정식법회에 첫발을 내디딘 날, 참선이 끝나고 스님과의 첫 대면, 그날은 별 말씀이 없으셨습니다.

며칠 후 아침 사시불공에 참석하게 되면서부터 쭉~ 열심히

기도하게 되었습니다. 절에 갈 때마다 기분이 참 좋았습니다. 그로부터 며칠 후 두 번째 참석한 참선 법회 시간에 스님 법문을 듣게 되었지요. 스님의 첫 인상에 법문이 서늘하게 다가왔습니다. 옥구슬 같은 스님의 음성이 더욱 가슴에 와 닿아 눈을 크게 뜨고 또렷또렷 듣게 되었습니다.

"소소영령(맑고 맑은)한 그 부처 자리를 찾아라. 힌트에 감사해라. 모든 것이 다 부처로 보일 때 비로소 공부에 들어온 것이다" 라는 법문 말씀이 가슴 깊이 와 닿았습니다.

산뜻하고 시원한 느낌을 주는 스님 법문, '바로 여기야~ 맞아, 스님 말씀대로 우리 남편이 바로 부처님이구나~ 오늘은 퇴근하고 오시면 족욕을 해드려야겠다, 살아 움직이는 남편 부처님을 잘 시봉해야겠다'는 마음이 저절로 생겨나게 됐습니다.

'바로 여기 부처님 마을이 내 마음 쉬는 곳이구나' 하고 불교대학에 입학, 열심히 마음공부에 힘쓰고 있습니다. 요즘은 조금씩 조금씩 마음을 내려놓고 있습니다. 물론 쉽지는 않아요.

스님 법문 그리 많이 듣지는 않았지만 많은 것을 생각하게 합니다. 스님 말씀을 곱씹으며 실천하는 것만으로도 다시 태어난 듯한 느낌, 하루하루 행복지수가 높아지는 것 같습니다.

부처님 고맙습니다. 스님 고맙습니다. 도반님들 고맙습니다. 온 천지에 나투신 부처님들 고맙습니다.

니르바나 합장

땅콩 스님과 애벌레 선禪

초판 1쇄 인쇄 2014년 10월 20일
초판 1쇄 발행 2014년 10월 25일

지은이   보현
사진   강명주

펴낸이   윤재승
펴낸곳   민족사
주간   사기순
디자인   남미영
기획편집팀   사기순
영업관리팀   이승순, 공진희

출판등록   1980년 5월 9일 제1-149호
주소   서울 종로구 삼봉로 81 두산위브파빌리온 1131호
전화   02-732-2403, 2404
팩스   02-739-7565
웹페이지   www.minjoksa.org, www.facebook.com/minjoksa
이메일   minjoksabook@naver.com

ⓒ 보현

ISBN 978-89-98742-31-7   03800